Luisa Adorno

L'ultima provincia

Sellerio editore
Palermo

e-mail: info@sellerio.it
www.sellerio.it
1983 Prima edizione «La memoria»
2009 Prima edizione «La rosa dei venti»

Adorno, Luisa

L'ultima provincia / Luisa Adorno. - Palermo: Sellerio, 2009.
(La rosa dei venti ; 5)
EAN 978-88-389-2403-3
853.914 CDD-21 SBN Pal0218673

CIP - *Biblioteca centrale della Regione siciliana «Alberto Bombace»*

Nota dell'editore

Un libro di tenace umorismo, una prova di vivida ed elegante comicità, nelle cui pagine si ride di cuore, apertamente. Nel risvolto di copertina con cui nel 1983 veniva presentato ai lettori L'ultima provincia *(riproposta a sua volta di una prima lontana pubblicazione anni Sessanta) si dava un'interpretazione più approfondita, più circostanziata: a prevenire una lettura leggera, che potesse scambiare per macchiette personaggi così tipicamente caratterizzati. Si tracciava il paragone, molto calzante, perfettamente ritagliato, con Brancati. Infatti* L'ultima provincia *è un romanzo che confeziona in un copione di trascinante umorismo un soggetto di profonda amarezza. Si potrebbe sintetizzare: il diario di una giovane antifascista toscana che spegne i sogni della Resistenza verso un'Italia rinnovata nell'etica, immergendoli nel caldo bagno di una famiglia della burocrazia meridionale. Nei ricordi di una sposina, dei suoi primi anni di matrimonio nella casa del suocero prefetto (e della prefettessa – personaggio scolpito per sempre nell'eloquenza di sopraffina comicità dei suoi vacui silen-*

zi), funzionario passato senza importanti ripensamenti e senza tentazioni autocritiche, secondo normale continuità di servizio, alla Repubblica dal fascismo; nelle scenette irresistibili delle manie familiari, dell'idioma e dei modi di dire, finestre di una visione morale; nei rituali del cibo; in tutto il comico, si rifletteva il destino storico dell'Italia. La sorte di dover consegnare lo Stato a un ceto dirigente sempre uguale, eticamente nullo, civil servant *nel senso di servizio privo di responsabilità civile all'interesse del potente di turno (anch'esso sempre uguale). I lettori della Adorno per mesi si ripetevano ridendo le battute più salaci, e i meridionali autoironici vi si riconoscevano. Ma nel tempo, insieme alla brillante comicità, resiste un'acuta rappresentazione della storia d'Italia nella sua condanna a ripetere. Alla tradizione di Sellerio si aggiungeva una scrittrice di un umorismo mimetico ed elegante, che nei libri successivi regalava ai lettori le memorie di un dopoguerra angusto redento da rapporti umani personali gai liberi e puri. Ancora una volta specchio di un'Italia di grande dignità privata nelle miserie pubbliche.*

L'ultima provincia

I

Rare sono le volte in cui il Prefetto parli senza esservi costretto, rarissime quelle in cui la Prefettessa, essendovi costretta, riesca a farlo. Eppure per chi entri in casa loro è addirittura impossibile continuare a ignorare tutto quello che successe a Bosco Canniti. Questo non perché l'argomento li faccia diventare loquaci, ma perché essi hanno in proposito abdicato ad ogni ricerca d'espressione in favore della domestica Concetta, che, di quei fatti, considerano l'interprete ideale.

«Quann'eramo a Bosco Canniti...» essa comincia e trova ogni volta nei padroni, che c'erano, che sanno già tutto, il pubblico più attento.

A Bosco Canniti le blatte volavano. Se una finestra accesa sfidava l'oscuramento sbattevano ai vetri con rumore di nocche; se qualcuna riusciva ad entrare alimentava a lungo il ribrezzo dei presenti con tonfi sordi contro il lume e precipitazioni improvvise sulla tovaglia. Concetta era la loro nemica: le inseguiva con gesti scomposti, insultandole, sbattendo con forza uno straccio nel vuoto. «Rosse erano, grasse, longhe come questo dito» precisa ai presenti con l'approvazione soddisfatta dei padroni. Gli americani, sbarcando, avevano aperto l'era del DDT e Concetta una sera accese la luce, spalancò la porta e lasciò che le blatte entrassero a schiere. «Pazza sei! Che facisti!». «Vossia lassatemi faciri...!» prometteva bieca con l'aria di chi deve compiere una vendetta. Quando il pieno fu fatto, armata di spruzzatore, la testa completamente avvolta in un asciugamano, Concetta entrò nella stanza. Chiuse la porta dietro di sé e spruzzò: spruzzò alla cieca, con tutte le forze, dibattendosi ai contatti improvvisi, schiacciando le imprecazioni nella spugna dell'asciugamano. E nel racconto spruzza ancora, accanita, raggiungendo una particolare sconcezza di gesti.

A Bosco Canniti una volta, rientrando in casa dal rifugio, dopo un bombardamento, fu trovato che dal soffitto era caduto l'intonaco. La capacità di commozione della Prefettessa, che le permette di piangere sulle disgrazie che avrebbero potuto accadere, anche quando sa che non sono accadute, non regge alla parola «'ntonacu»: e le lacrime brillano nei suoi occhi mentre ti fissa e fa cenno che sì, era proprio così.

«Quann'eramo a Bosco Canniti...» un negro ubriaco entrò nel giardino e raspò a lungo alla porta...

Concetta ne parla eccitata d'odio come nella guerra alle blatte; ma non avendo un DDT adatto allo scopo, si dové contentare di uscire dalla porticina di dietro, di scavalcare il muro e di precipitarsi al comando alleato.

Lo smarrimento provato nel trovarsi di colpo in una stanza fumosa, dove quieti stranieri si ammannivano sconosciute bevande, incrina a questo punto l'intensità del racconto: «... facevanu 'u tè... che saccio... ma non era tè, pareva cafè... facevano... Quello che facevano se la vedevano iddi» si riprende di colpo per tornare a se stessa e al negro ubriaco. Riuscì a farlo arrestare, di spalle, mentre raspava ancora e prima che potesse rendersi conto di avere sbagliato porta. Questo, in genere, lo pensa chi ascolta: ché la Prefettessa già allora non era più giovane, né le privazioni della guerra avevano attentato alla sua obesità, e Concetta, quarantenne, non era più avvenente di oggi. Aveva lo stesso viso terreo, largo ed adunco ad un tempo, involgarito da capelli per natura troppo neri. Alla rigidezza del corpo, piccolo, tutto d'un pezzo, di montanara calabrese opponeva anche allora un gestire eccessivo, sguaiato.

Eppure, sempre a Bosco Canniti, un indiano dai lunghi capelli di donna avvolti nel bianco turbante, voleva sposarla. «E perché non lo ha preso?» la gente stupisce spietata. «Questo ci mancava!» si risente il Prefetto dimostrando di considerare Concetta degna di ben altri destini. La moglie, fissandola in un rigurgito d'amore e di commozione, si sforza, si sforza e... «Noialtri non ce l'abbiamo data!» riesce a dire felice di averlo fatto e di averlo detto.

A Bosco Canniti i pomodori quell'anno durarono rosei e carnosi fino a dicembre; ma dal momento che è sempre la presenza in tavola dei pomodori a suscitare il ricordo, il fatto non interessa, non fa gola a nessuno. La Prefettessa invece insiste che lei «ci sentiva corrìo» che il figlio, rimasto bloccato a Roma, non potesse gustarli. E se il figlio è presente, sazio di pomodori e assolutamente privo di rimpianti, lo fissa a lungo, umidamente. «Tutte 'e sere pregàvimu p'u signor Cosimo» aggiunge Concetta stranamente composta, e nella ricerca di un'espressione devota ne assume una melensa. In realtà con l'essersi associata a quelle preghiere ha ingannato solo i padroni, ché gli altri intuiscono, e «'u signor Cosimo» sa, l'antica, fonda antipatia che essa nutre per lui insofferente, giudice e muto.

Da Bosco Canniti alla prefettura di S ci corrono circa due chilometri. Due chilometri di strada nazionale fra vigne nane, muretti sgretolati dalla forza dei fichidindia e giardini di aranci scrupolosamente recintati. Il Prefetto Adorno, allora viceprefetto, nonostante la ripugnanza al camminare che gli viene da un corpo grassoccio su gambe fragili e piedi troppo piccoli, dogliosi, la percorreva due volte al giorno. Sudava, si affannava, ma non rimpiangeva di aver chiesto ed ottenuto il trasferimento da Torino: in qualunque parte della Sicilia si trovasse si sentiva a casa.

Erano i mesi che precedettero immediatamente lo sbarco: le cicale gridavano sfrenate sulla guerra che precipitava.

Quando le prime jeeps apparvero a Bosco Canniti, il viceprefetto stette due giorni in casa. Al terzo si avventurò di nuovo verso la prefettura, tenendosi strettamente al ciglio della strada, con l'andatura breve ed incerta, fra le folate degli autocarri in fuga. A S trovò che gli alleati avevano arrestato il Prefetto. Per lui, invece, c'era pronto un invito di presentarsi al comando.

Pur sapendo che il proprio fascismo era consistito nel portare diligentemente il distintivo all'occhiello, e che questo non gli aveva impedito di esercitare, con gli intimi, lo jus murmurandi, si sentì immediatamente maturo per il campo di concentramento. Prima di avviarsi scrisse un biglietto, «... a iddi» dice oggi indicando con un cenno del capo la moglie e la domestica, fuse in quel momento in un unico sentimento di addio alla famiglia.

A mezzogiorno era a casa, con la macchina a disposizione, nominato Prefetto. A mezzogiorno e mezzo arrivò l'usciere col biglietto: la nuova, fiammante realtà non impedì alla moglie di piangere sulla separazione non avvenuta e di considerare per sempre la nomina del marito come fatto essenzialmente tragico.

Essere nato a Prefetto in quello spazio di tempo incredibilmente breve in cui, non valendo più le raccomandazioni fasciste, non esistevano ancora quelle del nuovo governo, ha influito su tutta la carriera di Vincenzo Adorno. La sua origine apolitica, lungi dal dargli credito, ha suscitato la diffidenza di ogni nuovo ministro. Sue furono le sedi più distrutte, le più disagiate, quelle in cui gli strascichi della guerra crepitavano di notte fra i magazzini del porto. In nessuna resisté più di qualche mese. Memore dell'antico obbedire, il Prefetto Adorno partiva ogni volta per la nuova sede in silenzio, deciso a chiedere il trasferimento. Solo quando un ministro di sinistra lo invitò a raggiungere immediatamente una sede del Nord, dove la lotta di classe fioriva in omicidi a catena, obiettò fermamente che lui per Z, di venerdì, non sarebbe partito. Partì di sabato, ma quella fu la sua scelta politica. Tale la considerò il ministro convincendosi per sempre che di lui bisognava diffidare, tale la considerò egli stesso identificando, nel tempo, il proprio ardire con la personale crescente avversione alla «mala pianta». Nel concetto di «mala pianta» faceva rientrare, anche allora, tutti quei partiti, dal comunista al partito d'azione, che facevano leva sul «sociale». L'avversione per questi cresceva in lui al pensiero di un pezzetto di terra sull'Etna, comprato pochi giorni prima del crollo della moneta, unica speculazione della sua vita, ed amato con l'intensità dei beni non ancora goduti. Un pezzetto di terra nera e fine come rena, accidentato da massi di lava, con balze, poggi, strapiombi improvvisi; nemmeno due ettari in tutto, di vigna e di agrumi, latifondo per la sua tenerezza. («È mia dal gelso al carrubo» dice anche oggi con un gesto ampio d'amore).

Ritirarsi a Belverde nella casetta, di una rusticità autentica, coerentemente sprovvista delle più elementari comodità, che correda il podere era la meta della sua carriera. Se fosse stato per lui si sarebbe «messo a riposo» subito, ma c'era il figlio: un figlio intellettuale, annodato e inquieto, inetto a risolvere praticamente la propria vita, appena laureato e ancora da sistemare. («E doppo che iddu lettere volle studiare!»). È così che la necessità di continuare la carriera, l'urgenza di difendere Belverde dal «sociale», e quella immediata di avere meno grane possibili, spinsero Vincenzo Adorno, dopo la prima «bella affermazione» dello scudo crociato, a realizzarsi come Prefetto democristiano.

Gli fu assegnata in quei giorni una provincia centro-meridionale vasta e povera, in cui non fumavano ciminiere, ma solo camini di case petrose sparse su monti rotondi, rasi, tiepidi al sole come schiene di bestie. Il capoluogo era una città antica, in collina, grigia di chiese e di vecchi palazzi, cui la miseria e una maggioranza di destra imprimevano un lento respiro.

«Finalmente una buona provincia» si rallegrò l'Adorno accingendosi a farne il suo capolavoro. La prima abitudine presa nella nuova sede fu di andare regolarmente alla messa. Ogni domenica, alle undici in punto, scendeva di macchina davanti al Duomo, entrava dalla porta di mezzo e attraversava, col passetto trepido confortato dall'appoggio di un bastone, la navata centrale puntando diritto sull'altare maggiore come chi va a sposarsi. Deviava solo in un punto per scansare, con rispetto, una pietra tombale, su cui un uomo incappucciato scolpito nel marmo presentava dislivelli da evitare ai suoi piedi dogliosi. Seduto nella prima panca, le mani sul bastone, il volto teso verso l'alto fino al freno della collottola grassoccia, il Prefetto presenziava gravemente la messa. Nella stessa posizione, con un'espressione non meno grave, era facile incontrarlo nei pomeriggi di festa alle recite di beneficenza o alle premiazioni dei Gesuiti. Le dorotee cominciavano a chiedersi se era il caso di invitarlo alla mostra dei loro lavori e le monache che detenevano il segreto di una cura d'erbe per il fegato ne adocchiavano, lusingate, il colorito terreo.

Generoso della propria presenza corporea, il Prefetto Adorno opponeva invece un fermo rifiuto se nell'impegno richiesto intuiva un carattere di mondanità. La sua incapacità a sciogliersi in una conversazione che non fosse strettamente ufficiale (o retta da brevi parole consunte dal dialetto e inframezzate da lunghi silenzi, come faceva in famiglia) si saldava in quei rifiuti alla convinzione che l'austerità dei propri funzionari non dispiacesse al governo. Disse no ai circoli, no alle canaste e rimise gli scanni severi che spettavano ai sindaci nel salone che altri prefetti tenevano sgombro per il ballo. Il 2 giugno, in quello stesso salone, celebrò ufficialmente, con un breve austero discorso, la giovane Repubblica chiamandola più volte monarchia.

«Il nostro caro Prefetto» già si diceva di lui quando io lo conobbi. Questa consapevolezza e la locale assenza di mala pianta gli permettevano ora di ritrovare, davanti al piatto serale di «verduredda», il gusto per la propria essenzialità di vita. Dolce suonava sul suo vestito da casa nel grande alloggio silenzioso il «quann'eramo a Bosco Canniti...» del familiare aedo. Dolce sulla tranquillità presente Bosco Canniti dove le blatte volavano, gli indiani volevano Concetta e i prefetti venivano arrestati.

II

Dalle prime sedi di consigliere a quelle di Prefetto, dalle modeste case in affitto ai vasti alloggi di Stato, dal fascismo alle angosciose scelte politiche, la vita della Prefettessa aveva teso, in una continuità ideale, verso un unico scopo: la ricerca e la conservazione della salute. Una salute il cui godimento non era previsto e la cui conservazione, richiedendo non meno pratiche e rinunce della ricerca, assorbiva ogni sua facoltà di pensiero.

Lenta, pacifica, di preferenza seduta, per lei il nutrimento è il bene, le correnti d'aria il male. Tutto il resto: religione, politica, arte, amicizia, amore sono «sfacennamento» e li liquida, muta, con una alzata di sopracciglia e un colpo di mento nel vuoto. Una finestra da chiudere o un familiare da forzare al cibo suscitano invece in lei un'energia ed un'aggressività insospettate: balza in piedi, si lancia e «Aria c'è! Chiudite!» grida, accompagnando il passaggio dall'inerzia all'azione con un miracolato uso della parola.

La sua stessa capacità di commozione deriva dalla maggiore o minore facoltà di nuocere alla salute che ella attribuisce agli avvenimenti: Bosco Canniti dove niente successe ma tutto avrebbe potuto succedere è, in questo senso, motivo sempre rinnovato di pianto. Le altre sedi, di cui conserva solo un ricordo di tempo, «Nebbia c'era», «Pioveva sempre» dice distinguendo Milano da Torino, tanto più la commuovono quanto più il clima era «brutto».

Anche il suo affetto straordinario per la domestica ha origini salutistiche. Una grave infezione per un'iniezione di calcio suppurata, una «curetta...» di quelle che essa ama e amerebbe fare ogni primavera ai parenti più stretti, la costringeva a letto da tempo, in pericolo di vita, quando Concetta entrò in casa. Altre donne si erano avvicendate in quei giorni al suo capezzale, ma tutte erano rimaste inchiodate dal grido «Vento mi fate!» con cui la malata investiva chiunque si muovesse nella stanza. Concetta no, Concetta intuì di colpo il senso dei riti a cui si doveva adeguare e andò oltre. «Fermatevi! Vento ci fate!» ordinava lei stessa dopo poche ore, al marito e al figlio che si avvicinavano.

La paura di perdere anche questa donna subentrò immediata alla gioia di averla trovata: e immagini di Concetta in fuga, di Concetta sposa, di Concetta in commiato cominciarono a popolare i deliri della malata. Un giorno la vide, nitidamente, che partiva con le mondine. La chiamò nella febbre e quando l'ebbe vicina «Vero è che te ne vai con le mondine?» le chiese affannata. «Cu' cui?» fece l'altra che non aveva mai sentito la parola. «Con le mondine». «I mundini?» e per la prima volta Concetta pensò che avrebbe perduto quella padrona senza vederla alzata. Anche oggi quando un film neorealista o un piatto di riso riporta la parola «mondine» la padrona guarda la domestica col volto teso nello sforzo di dire e piange e sorride in silenzio, mentre questa scuotendo la testa «Vossia!» dice «Cu' 'sti mundini!».

Lungi dal preoccuparsi degli ottanta chili di peso concentrati sulla sua statura piccola essa li considera, come i montanari poveri, prova schiacciante di salute e di benessere: unica croce è che il figlio non condivida la sua convinzione, non perché del figlio rispetti le convinzioni, ma perché questo le impedisce di portarlo al suo grado ideale di obesità. In nutrizione è sempre per l'«iper» e l'iper cerca di praticare a Cosimo, ormai più che trentenne, da quando, bambino, un medico lo trovò un po' sciupato. «Te lo scordasti cosa disse 'o medico?» gli chiede amara e aggressiva da allora, e i medici che vennero dopo e non dissero come l'altro, l'eletto, «Troppo siccu è», sono da lei volutamente ignorati. Alla base dell'ipernutrizione sta l'uovo («L'ovu friscu cu' tanticchia 'e massàla!» stupisce con voce di pianto se qualcuno lo rifiuta). Fino a che Cosimo non ebbe la forza di ribellarsi gliene presentava due ogni mattina, gonfi d'aria e di zucchero, frullati fino a sbiadire. Poi dové accontentarsi di uno. Ma una volta, a Belverde, in vacanza, la Prefettessa scoprì che tra i frutti del proprio pollaio c'era ogni giorno un uovo a due rossi; mantenne, senza sforzo, il segreto e controllò ad una ad una le galline rompendo loro sotto gli occhi, in un piatto, l'uovo appena deposto. In uno strano esemplare di gallina, calva dal collo in giù come una risuscitata, fu individuata l'autrice dei parti gemellari e un uovo «à la coque» apparve ogni mattina, sulla tavola della colazione, vicino al posto del figlio. «Bì, due rossi ha!» egli disse incuriosito la prima volta che se ne accorse. «Anche questo ha due rossi» notò il giorno dopo e già il sospetto incrinava lo stupore. Al terzo: un pugno sul tavolo e il grido «lo voglio l'uovo con un solo rosso!» percorse l'agrumeto.

Nata con lei e sviluppata dall'educazione ricevuta, questa concezione della vita si era esasperata nella maternità. E il figlio delicato, facile a raffreddarsi, era cresciuto, fra le sue cure, pallido e solitario, chiuso in casa come il frutto di un amore illecito: il suo più lontano ricordo era la devastazione che i propri starnuti portavano sul viso della madre. «Stranutao!», «Si raffreddao!» le prime parole di cui percepì il suono e che, col tempo, si trasformarono nell'interrogazione appassionata e diretta «Stranutasti?», «Ti raffreddasti?». Il giorno in cui arrivò a rispondere trionfante «Raffreddato, raffreddato sugno!» segnò una data nella storia, lenta, della sua emancipazione.

Cosimo bambino usciva solo d'estate: passeggiate brevi, per mano, in ricamati giardini del Sud. Il grido «fermo ca sudi» troncava ogni suo tentativo di correre. Il resto era inverno. E nessun inverno si distinse mai dall'altro se non quello in cui, mascheratosi a carnevale, la madre lo tenne, per non alleggerirlo, mascherato fino a primavera.

La scuola rappresentò il primo passo verso una vita normale. Usciva di casa la mattina imbavagliato fino agli orecchi, le braccia staccate dal corpo per il troppo vestiario, e la madre che lo accompagnava, trafitta al cuore dal vento, per reggergli alta sul collo la sciarpa. Mai la frequenza durò più di un mese. Alla prima influenza: «'U picciriddu a casa ave a stare» e l'anno finiva tristemente in privato. Fino alla terza ginnasio Cosimo studiò così, appassionato e solo, leggendo ad ogni età cose più grandi di lui, spaziando in quell'unico campo in cui non correva pericolo di raffreddarsi. Della scuola gli restava ogni volta addosso il grembiule, che non si poteva più togliere fino alla buona stagione, e una voglia di voti, di emulazione che sfogava nei giochi lucidi e quieti: quasi sempre lunghe, tormentate e continuamente rinnovate graduatorie di bellezza e simpatia fra gli oggetti più cari. Cominciò con le cartoline illustrate. Le più belle, una ventina, si riempirono presto di date e di voti, ma due sole fra queste si contesero, a lungo, il primato: se il dieci in bellezza andava alla testa di cane, il dieci in simpatia era per l'olandesino stupito che impugnava un enorme trifoglio. Se questi, in un altro momento, gli sembrava più bello che simpatico, era il cane che cedeva in bellezza e guadagnava in simpatia. Al terzo posto, vinta a volte da un chiaro di luna, si piazzava quasi sempre una bambina cortamente vestita, un fiocco enorme in testa e uno uguale sull'ombelico, che piangeva da far vedere le tonsille su una bambola rotta. Alle cartoline si aggiunsero presto le automobili: le vedeva passare in un lampo al di là della finestra chiusa e le fissava per sempre in una incontrollabile graduatoria di bellezza e di velocità. Poi fu la volta delle città che non aveva veduto, delle case dove aveva abitato, dei libri, dei personaggi, delle persone. A dodici anni erano ancora questi i suoi giochi e la madre paga di vegliare sul suo corpo goffo, ne ignorava le letture e lo sguardo rapace. A dodici anni, grasso di cure e di cibo forzato, invece di correre alle grandi adunate e di piantare bandierine sulla carta d'Etiopia, come i ragazzi della sua età, Cosimo giudicava il fascismo, ne prevedeva soddisfatto la fine nel momento di maggiore splendore e guardava irritato allo scettico, prudente conformismo paterno.

Quando il buon peso raggiunto e la difficoltà crescente degli studi convinsero la madre a fargli frequentare regolarmente la scuola ci fu l'incontro con Todaro. Todaro che lo stuzzicava perché era grasso, Todaro che rideva della sciarpa con la madre aggrappata, Todaro che schiudeva, come lui, la sua timidezza in un'amicizia cruda e sboccata, balzò al primo posto nella graduatoria delle persone e vi rimase.

Cosimo cominciò da allora a rifiutarsi di mangiare al di là della fame che aveva, a strapparsi di dosso il vestiario di troppo, a spalancare le finestre di colpo allenando la madre già obesa a quei balzi improvvisi che stupiscono oggi.

Al capezzale dei suoi raffreddori, gli stessi fino a che il fisico lentamente non si rieducò, «Todaro ci colpa!» dichiarava ella ora risolto l'antico, desolato accoramento in un rancore illuminato e preciso.

Estraneo, alle origini, a questo dramma del male Vincenzo Adorno aveva finito con l'adeguarsi, col fare sue le teorie della moglie e alle mute ribellioni del figlio reagiva con scoppi irosi di voce, calcando parole ormai vuote del loro significato osceno. Le virilizzanti imprecazioni paterne e i lamenti e le accuse della madre furono così il solo commercio d'idee fra Cosimo e i suoi.

III

Quando io lo conobbi, Cosimo Adorno era un giovane alto dal viso indifeso, preda delle proprie impressioni come quello di un bimbo. Le larghe spalle sviluppate nell'ombra, a forza di pesi e manubri davanti alla finestra aperta sull'alba in segreto, gli davano un'aria vagamente sportiva finché era seduto. Se si alzava aveva nei piedi qualcosa di duro, o di peso, che richiamava, nel risultato di un equilibrio maldestro, l'opposto difetto paterno del piede piccolo e tremulo.

Erano, i suoi, piedi legnosi di corse non fatte, di spinte mai avute, piedi che avevano percorso chilometri sui mattoni di casa, che non erano stati mai scalzi. Si riallacciavano, al di là delle larghe spalle, direttamente al pallore del volto, allo sguardo avido e teso.

Lo incontrai in casa dei miei cugini G. dove lo aveva condotto un suo articolo di letteratura. Stava a Roma, allora, per seguire, senza le interruzioni dei trasferimenti paterni, un corso all'università.

Aspettava solo, nella stanza in penombra, quando io entrai. Abbagliata dalla luce di fuori vidi appena il bianco della sua camicia. Seppi poi che quegli stessi attimi erano bastati ai suoi occhi ambientati per classificarmi immediatamente prima nella graduatoria delle ragazze che aveva conosciuto. Ricordo ancora il fresco, sulle braccia calde di sole, della grande familiare poltrona che mi accolse e le crepe note del cuoio che cercai a tasto per seguirle, parlando, con l'unghia.

Era, quella, quasi la mia casa. Fra le tante che mi avevano ospitato in quegli anni la mia casa d'elezione. Lì avevo passato il periodo dell'occupazione tedesca, lì avevo vissuto i giorni della liberazione, le prime aperte lotte politiche, lì tornavo ora, ad ogni fine settimana, dal paese dove avevo cominciato a insegnare.

La mia casa vera, in Toscana, era andata perduta, crollata dietro la facciata intatta. Me ne restava una scheggia colorata di piatto che avevo raccolto fra i sassi e quel gesto con cui, al risveglio dapprima, in sogno poi, cercavo ad un'altezza precisa il piano del comodino.

Quand'era successo mia madre era già morta da anni, mio padre in guerra, prigioniero o disperso, e la nonna, sopraffatta da tanto disastro, aveva appuntato il proprio dolore sulla perdita dei suoi quattro ferri da stiro.

Precoce in quegli entusiasmi seguiti, a distanza, dal pensiero, che mi caratterizzavano ancora, a dodici anni cantavo a squarciagola «Faccetta nera» e correvo, in camicetta di bucato, alle grandi adunate, soffrendo soltanto di non trovarci mio padre. Ero dovuta arrivare al liceo per rendermi conto delle sue ragioni e di quelle di altri, alle persecuzioni e alla disfatta per diventare comunista.

Ero entrata nel partito nei mesi dell'occupazione, vi ero rimasta dopo, esempio vivente del «partito nuovo», aperto ai ceti medi, cui non occorreva essere marxisti per aderire: io ero addirittura cattolica e nella fusione che avevo operato fra il cristianesimo delle origini e le mie aspirazioni sociali Marx sarebbe stato veramente un di più.

Cosimo Adorno si sedette, senza abbandono, nella poltrona di fronte. Raccontai che ero venuta a Roma, quel giorno, per concretare con i miei cugini i particolari di una vacanza in un luogo deserto e per portare all'*Unità* un pezzetto di cronaca in cui cercavo di rendere amene le feste popolari svoltesi ad X.

Di lui ricordavo l'articolo: un saggio dalla prosa dotta, controllata, rigorosamente scientifica. Il fatto che non lo avevo capito mi dava, ora, una certa soggezione. E intimamente arrossivo al pensiero del tiro al piattello e delle corse nel sacco di cui scioltamente discorrevo nel foglietto piegato nella borsa. Ma il suo aspetto giovane e il modo con cui mi guardava, concentrato fino a parer severo, mi impegnavano lo stesso a sembrare di più. Cercai immediatamente di adeguarmi all'intuizione che avevo di lui citando i nomi dei miei maestri all'università, in un tono basso, contenuto, di rispetto e di devozione, che mi era completamente estraneo e che lasciava supporre, fra me e loro, una collaborazione senza dubbio feconda. Parlai con familiarità di letterati e studiosi che conoscevo, precisai titoli di opere che non avevo letto. Fu uno sforzo inutile: a Cosimo era bastato vedermi per collocarmi subito in un altissimo posto nella graduatoria d'intelligenza e di simpatia.

In questi entusiasmi esplodeva in silenzio la sua giovinezza. Sarebbe stato difficile attribuirglieli non meno della prematura capacità di giudizio al ragazzo che elencava cartoline. Una donna appena conosciuta, a volte solo intravista, scatenava in lui una violenza di desideri, di pensieri, di immagini che spesso, dopo pochi giorni, anche senza rivederla, si sentiva maturo per sposarla. Lunghi, solitari entusiasmi affiancati negli anni, sovrapposti, mai smaltiti. Il primo, per una compagna di scuola, era il solo che si fosse bruscamente spento nella scoperta di un fratello grasso, tanto l'obesità rappresentava ancora per lui un oscuro simbolo. L'ultimo, quello per me, sarebbe stato il più acuto e il più breve: entrata, col fidanzamento veloce, a far parte della sua realtà, sarei stata sottoposta anch'io a quell'esame crudo e spietato cui sottoponeva tutto di sé. Si sarebbe accorto, per esempio, che la mia pelle non era splendente ed attribuendone la colpa all'alimentazione sbagliata avrebbe trafitto ogni volta il piacere con cui addentavo un panino sibilandomi amaro «Mangia salame che bella diventi!». Si sarebbe accorto che i miei occhi diventavano facilmente rossi e l'avrebbe sottolineato «Bì, un occhio rosso hai!» con l'aria delusa e seccata di chi ha comprato qualcosa e si accorge che è rotto. Tantomeno gli sarebbe sfuggita la fragilità della mia costruzione eticopolitica, ma questa, opponendo al suo liberalismo terso la fede e l'assurdo, sarebbe sopravvissuta a lungo lo stesso.

L'ingresso di mia cugina nella stanza ci portò al nostro progetto di vacanza. «Il posto è bello, l'ho visto, rocce a picco sul mare, deserte». La casa non c'era. Ci avrebbe ceduto due magazzini il guardiano del canale etrusco: bisognava portare le brande, le provviste, le posate, le pentole e cucinare all'aperto. Le biciclette per i contatti col mondo, le fiocine e le lenze. «E lei?» chiedemmo a Cosimo invitandolo ad aggiungere al nostro l'entusiasmo per un suo progetto. «In prefettura», rispose «a Y: la nuova sede di mio padre».

Nacque in quel momento il mio interesse umano per lui.

Un'estate in prefettura era per me un'ingiustizia di quelle che mi accendevano il viso e mi spingevano, nelle discussioni, ad aggredire la gente con una voce di gola e nessun altro argomento che «Eh, già, sì! discorsi!». Non capivo come si potesse accettare. E un padre prefetto? qualcosa che bisognava nascondere o, almeno, tacere. Il fatto che Cosimo lo dichiarasse così mi sembrò prova di estrema lealtà, o candore, o ricerca d'aiuto.

Pensavo a mio padre, alla sua carriera cominciata col vedere galleggiare in Arno la propria scrivania e mi sentivo ingiustamente privilegiata.

Al ritorno dalla guerra del '18 mio padre faceva il tirocinio d'avvocato a fianco di un legale di cui condivideva le idee socialiste; quando i fascisti ne devastarono lo studio, impegnando le forze migliori della loro giovinezza nel far volare i mobili in Arno, la sua scrivania subì la stessa sorte. Il vecchio socialista espatriò, mio padre rimase. Lo lasciarono campare, ma per uno di quegli strani drenaggi che si operano più sensibilmente in provincia, diventò l'avvocato dei poveri. Ladri di polli e pescatori di frodo furono, fra una guerra e l'altra, il meglio della sua clientela.

Alle magre parcelle aggiungeva l'incapacità costituzionale di farsele pagare, le mani bucate, la spensieratezza per il domani. «Tutto perché non si iscrive al fascio» insistevano i parenti, resi generosi verso i suoi difetti dalla speranza di ottenere lo scopo. Ma gli alti e bassi di una vita già modesta, le rare soddisfazioni di una carriera spenta all'inizio non riuscivano a far ravvedere mio padre, a disciplinarne l'umanità giovane, fantasiosa. Dell'infanzia a Tunisi, della guerra, del soggiorno in Macedonia gli era rimasto un bisogno di orizzonti aperti che appagava nelle lunghe giornate di pesca, in barca, alla Meloria e un gusto per i cibi strani, preziosi o piccanti, che comprava tranquillo nei suoi vestiti lisi.

Della gioventù sportiva gli restavano le fotografie in cui, allineato con altri dieci in maglia a righe e mutande sventolanti, mostrava polpacci secchi su sfondi brumosi, e quella ingenua fierezza del proprio fisico che lo spingeva ad affrontare la pioggia a testa nuda e il freddo senza cappotto. L'alto grado che la sua incoscienza davanti al pericolo gli aveva procurato, giovanissimo, nella guerra mondiale, gli dette il vantaggio di essere ingoiato fra i primi dalla guerra fascista. Dopo anni di silenzio e di presunta morte era riemerso dal nulla con una moglie e un bambino, ed aveva ricominciato a fare l'avvocato in un bar della città distrutta spendendo tutto quello che guadagnava per mantenere la famiglia in albergo.

Fiera di quel suo proletario vivere alla giornata, di cui non intuivo ancora la disperata stanchezza, io ero libera di lavorare, di mantenermi e di compiangere Cosimo Adorno per il padre Prefetto.

Il nostro accorato stupore per la sua grigia estate si liberò nell'invito immediato di partecipare al campeggio. Con quell'entusiasmo, non sempre gradito, con cui mi accingo ogni volta a migliorare la vita degli altri, io già correvo con lui per la collina di Cosa fra pietre etrusche e cespugli di coccole, ignara dei suoi piedi legnosi, nel vento salato, quand'egli rispose: «Grazie, ma a me piacerebbe passare l'estate a Milano, in un appartamento deserto, con un bagno tutto per me».

La sua ribellione non era andata oltre la finestra aperta e nella sua vita, come in quella dei suoi, non c'era il ricordo di un giorno sull'erba.

IV

I matrimoni in casa Adorno si ispirano al monito «Pigghia munnizza d'u tuo munnizzaru e se non ce l'hai accattala». Il Prefetto lo cita con parvenza di scherzo ai nipoti inquieti in amore, lo ripete in tono grave di approvazione alle coppie di sposi che da Catania lo raggiungono ovunque, meta ambita del viaggio di nozze.

Il concetto di «munnizzaru» si allarga alla Sicilia intera, per restringersi idealmente alla propria città, sublimarsi nella propria parentela. Le cugine sono la «munnizza» ideale: forti di questa consapevolezza e paghe di rappresentare la possibilità di non dividere la casa del nonno, crescono senza preoccuparsi di piacere, superando bruttezze senza speranza.

Cosimo Adorno ne aveva a disposizione tre. Due, gemelle, avevano incastrati sotto la fronte bassa e sporgente i suoi stessi occhi da preda ed erano segnate fin da bambine da quel marchio di obesità che distingueva non pochi della famiglia. Ma il loro traboccare di sedere e di seno veniva considerato da questi un trionfo di bellezza e prosperità. Cosimo, quand'era grasso anche lui e odiava e si odiava per questo, le strizzottava torvo e in silenzio, nel corridoio, disprezzandole per quello che avevano di troppo.

L'altra, più giovane, sembrava avere contribuito al rigoglio delle sorelle, cedendo loro i propri attributi di donna, fino a restarne completamente priva. In realtà era stato il tifo a trattenerla sulla soglia di una sparuta adolescenza cui si adeguava senza pena la mente.

Di lei si parlava ogni volta davanti all'insalata, per dimostrare che doveva essere non solo lavata, ma disinfettata.

Cosimo non aveva mai avuto la debolezza di lasciar credere che su una delle tre avrebbe orientato la propria scelta, eppure quando si trattò di annunciare che voleva sposare me fu a lungo nell'incertezza. Non riusciva a stabilire se per i suoi avrebbe rappresentato un ostacolo maggiore il fatto che io non ero del «munnizzaru», che non possedevo niente, che avevo un anno di più o che ero comunista. Né se sarebbe stato meglio dire tutto insieme o una cosa alla volta... finché, scoperto all'improvviso che l'orientamento politico si poteva anche nascondere, finì col dichiarare, in un colpo, tutto il resto.

Quando la notizia arrivò in casa Adorno si era all'inizio dell'inverno: il primo nella nuova sede sull'Appennino. Bastò una spruzzata di neve sulla vetta più alta perché l'aria si facesse tagliente e spifferi gelati penetrassero dai vecchi infissi della prefettura sui commenti, sulle esclamazioni piccate, sulle informazioni richieste ed attese dai carabinieri.

«Friddu face» diceva la Prefettessa tamburellando, seccata, sulla tavola e fissando con lo stesso rancore le finestre antiche e malferme negli sguanci profondi e la vetta del monte incriminato, bianca nel cielo terso. «In Toscana s'aveva a zitare!»,[1] «Niente ave», «Friddu face...» e la sua pena era per un inverno altrove, per l'inverno del figlio, che in quei giorni avrebbe cominciato ad insegnare e non più in casa sua, non più in casa di parenti, avrebbe vissuto, ma in pensione o in affitto. Pensava al suo petto forte a vedersi, ma bianco e indifeso, alle volte che lo aveva visto febbricitante e scoperto nell'atto di essere ascoltato, alle uova che nessuno avrebbe frullato, alle porte che sarebbero rimaste sventatamente aperte.

Inaspettata arrivò la lettera col permesso di sposarsi; anche presto, anche con me.

Quello che c'era di eccessivo e di pazzo nel loro amore per il figlio, li aveva spinti a rompere i loro stessi schemi.

[1] Fidanzare.

Intanto, scrivevano, all'inizio delle vacanze di Natale, il Prefetto sarebbe venuto con la macchina a Roma per portarci qualche giorno a Y.

L'idea di un viaggio in una regione che non conoscevo mi rallegrava indipendentemente dall'esame che avrei subito all'arrivo. L'inquietudine in Cosimo cominciò, invece, molti giorni prima. L'avermi scelta al di fuori dei canoni della sua famiglia non lo dispensava dal preoccuparsi dell'impressione che avrei fatto. Mi guardava con occhi da estraneo e «Magra in faccia sei, magra!» mi ripeteva cantilenando per farmelo meglio capire. O, aggrottando le sopracciglia su una piccola impurità della mia pelle, «Salato mangi!» accusava sdegnato. Seguita per giorni una dieta da nefritica e speso in un cappotto nuovo lo sborso dello Stato per la casa caduta, mi presentai a lui al momento della partenza. «Che orrore con quel basco! non vorrai che mio padre ti veda così?». In realtà il basco non mi donava, ma alla base della sua protesta c'era soprattutto il timore che quell'acconciatura scarna, inconsueta in una ragazza borghese, denunciasse quello che di me aveva taciuto.

Io avevo preso ad usarlo da tempo, rassegnandomi a sembrare più brutta, nella convinzione, diffusa anche fra gli intellettuali del partito, che desse un'aria rivoluzionaria e quindi eccezionalmente intelligente.

L'avevo messo quel giorno proprio nella speranza che, passando inosservato ai suoceri, servisse invece agli altri a distinguermi, a non confondermi col mondo a cui mi sarei avvicinata. Reagii con veementi, copiose parole. «Bì, anche un occhio rosso hai!» m'interruppe Cosimo all'orlo della desolazione.

La collera placata d'incanto nella preoccupazione d'essere brutta davvero, una goccia di collirio, i capelli liberati dalla costrizione del basco sembrarono rianimarlo. Per le scale che scendemmo a braccetto, occhieggiando io appena possibile la macchina ferma al marciapiede, mi sussurrò in un ultimo illuminante consiglio: «Ricordati di dire quello che devi dire e di non dire quello che non devi dire» e già il suo sguardo e il volto si offrivano al vuoto.

Con quella stessa espressione immobile e assente si fermò davanti al padre, senza una parola.

Il Prefetto usciva in quel momento, laboriosamente, da una macchina bassa, combattuto fra cappello, cappotto, sciarpa, pinguedine e sigaro acceso. Toccò terra, ci spronò a salire per non prendere freddo e iniziò la non meno laboriosa operazione di rientro. Un uomo piccolo, piegato ad angolo retto, gli teneva fermo lo sportello. Lo avevo visto schizzar fuori dall'automobile quand'ero ancora per le scale: aveva aperto, chiuso, riaperto con velocità precisa. Tenne lo sportello anche a noi e si lanciò sulle nostre valige infilandole nel portabagagli con un'energia che ci fece rintronare cupamente le spalle.

All'interno il silenzio ferveva delle cose che ognuno si aspettava che l'altro dicesse.

– 'U plèd – disse finalmente il Prefetto volgendosi verso di noi dal posto davanti, quel tanto che glielo permettevano il cappotto e il cappello che si toccavano sul collo corto. – Tua madre raccomandò di mettervi 'u plèd.

– Ma quale plèd! – rispose Cosimo con una voce ignota, di naso, esprimente un'irritazione antica tradotta in formalità.

Lo guardai di scatto: aveva lo stesso viso fermo, ieraticamente volto in avanti, e il profilo si stagliava, di pietra, contro il finestrino. Sullo sguardo, che non poteva proiettare nel vuoto perché incontrava la testa del padre, teneva abbassate le palpebre, a contenerlo. Restò così per ore. Se cercavo di avviare un discorso, chiudeva gli occhi del tutto, in silenzio.

Quando la macchina si mosse l'Adorno fu subito assorbito dalla strada: la seguiva con un'attenzione spasmodica che gli impediva di rilassarsi un momento anche nei lunghi viaggi e che egli considerava essenziale alla buona riuscita degli stessi. L'autista guidava e lui prevedeva i pericoli, interpretava cartelli, calcolava i chilometri. «Gastaldi, gli alberi corrono» ammoniva ogni tanto e la macchina, di colpo, rallentava.

Del piccolo autista soltanto la testa, diritta come un pennello, sporgeva dalla spalliera del sedile. I capelli neri, che, da lontano, uniti allo scatto dei movimenti me lo avevano fatto credere giovane, da vicino ne incupivano la vecchiaia. Il suo silenzio era assoluto, il viso accettava il freno degli alberi in corsa senza ombra di sorriso, chiuso in pieghe di cuoio. Non sapevo se considerarlo una guardia, o un proletario costretto ad essere guardia. Gli fissavo il collo, magro, segnato, cotto di sole: un collo da muratore. E mi sembrava di sentirlo ostile. Non capivo se era la guardia che non mi reputava all'altezza delle persone a cui s'inchinava o il proletario che, avendomi subito ad esse accomunato, mi considerava una nemica di più. Il rimpianto del basco, cui attribuivo sempre più precisi poteri rivelatori, punteggiava ogni tanto i miei pensieri.

Gastaldi, l'autista, da quarant'anni trasportava prefetti. Li accompagnava in sede e fuori sede, li sballottava pallidi al seguito di ministri frettolosi, li portava piano, senza scosse, a passo d'uomo, in compagnia di benedicenti prelati. Sempre pronto, scattante, dal sedile allo sportello, dallo sportello al sedile, dritto piegato, piegato dritto era arrivato da guardia a maresciallo senza altra attività di pubblica sicurezza. In lui deferenza e rispetto avevano forme morbose: ed erano autentici. Al volante era così concentrato nell'annullare la propria presenza, nell'isolarsi dai discorsi che non voleva ascoltare che quando a poco a poco diventò sordo nessuno se ne accorse. Se gli si rivolgeva direttamente la parola sembrava percorso da una corrente elettrica: «Sì, Eccellenza», «No, Eccellenza» rispondeva di colpo con un saltello, di rispetto, sul sedile. In tre anni di consuetudine con lui sarei riuscita a fargli dire «tutti buoni, tutti buoni» (gli avevo chiesto come erano i precedenti prefetti) e «Pioppito e Spioppito», il nome di due paesi vicini ed oscuri che nemmeno col tempo arrivavo a distinguere.

Quando Gastaldi si sentì in confidenza, passando di lì, si permetteva di indicarli da solo: «Pioppito spioppito» diceva come uno sparo e accompagnava la parola crepitante e contratta con un cenno brusco del capo.

Ma prima di arrivare a questo ci saremmo a lungo fraintesi. Io interpretando il suo distacco come una precisa accusa di classe, lui schermendosi frementе e smarrito, alle mie premure.

«Gastaldi, mi dispiace, le abbiamo rovinato la domenica...» gli dicevo intensamente o, trovandolo più volte in un giorno ritto accanto alla macchina in fondo alla scala, «Gastaldi, sempre lei! ma perché non si fa dare un sostituto con cui alternarsi?». «Se ci dici così» mi spiegò finalmente il Prefetto facendo in me quella luce che non aveva fatto Marx «questo pensa che abbiamo qualcuno da metterci e che lo vogliamo mandare in pensione: tanto più che sta facendo di tutto per restare».

Raggiunta in servizio la sordità completa Gastaldi andò a sbattere contro una corriera: ne uscì illeso e pensionato.

La macchina andava nel buio per monti consunti, desolati, portando i tre uomini muti, quando un cartello, annunziando che l'altezza era di metri 700, dette al Prefetto modo di avviare la conversazione.

– Alti siamo, – fece – mettetevi 'u plèd –. Controllò con uno sguardo la mia pronta obbedienza, si ritenne pago e tacque di nuovo.

Al di sotto della coperta, che avevo allargato anche sulle gambe di Cosimo, una mano si mosse cautamente a cercare la mia: sembrava non appartenere a nessuno, ma il gesto mi dette conforto lo stesso.

A notte, attraversata una città deserta, la macchina si fermò proiettando i fari su un portone. Era il portone enorme di un palazzo ferrigno, bugnato che sembrava chiuso da sempre. Bastò un suono di clacson e subito, percorso da un fremito, cominciò a schiudersi. Quando lo spazio che si venne a creare fra i due battenti lo permise un uomo vi si affacciò, abbagliato di luce sorrise nel vuoto, s'inchinò: la sua balda grassezza nel fascio di luce gli dava un preciso aspetto tenorile.

Entrammo. Nel cortile fiocamente illuminato un leone sputava acqua in solitudine: scendemmo intorpiditi, sordi, immediatamente spronati a rampicarci su una grande scala bianca. Nei corridoi le porte piccole, in fuga, rivelavano le antiche celle, le sputacchiere gessose, punteggiate di cicche, gli uffici.

Davanti ad una porta più grande, lustra, targata ALLOGGIO DEL PREFETTO ci fermammo. Cosimo premé il bottone: invece di un suono di campanello ci arrivò un abbaiare furioso. – 'A figghia! – disse il Prefetto guardandoci soddisfatto come se il cane stesse dando prova di un'abilità straordinaria.

Al latrato si aggiunsero passi, voci. In un ingresso sfolgorante di luce un uomo e una donna alternavano saluti e inchini ad imprecazioni volte a zittire «'a figghia».

Da un'altra stanza arrivava, leggermente affannata, una signora grassa, tonda, i lineamenti fini in un viso congestionato di commozione: la Prefettessa. Aveva gli occhi pieni di lacrime e con una voce resa stridula dal tentativo di sopraffare quella del cane:

– 'U plèd – gridò – ve lo metteste 'u plèd?

V

La prima cosa che mi chiesi, entrando, fu se ai cani poteva venire il morbo di Basedow. Quella cagnetta che abbaiava perdutamente, trascinata dalla sua stessa foga, aveva due occhi sgusciati sporgenti dal muso secco di terrier in un modo che non avrei saputo spiegare altrimenti. «Bedda 'a figghia, bedda!» si effondeva in tenerezza il Prefetto chinandosi verso di lei, convinto che non chiedesse altro per tacere.

«'A figghia» per gli intimi, Flik come l'aveva chiamata la Prefettessa nell'eventualità di doverla distinguere da altri cani, era un acquisto della nuova sede. L'aveva trovata Concetta in giardino a un passo dalla vasca su cui galleggiava, quella mattina, un guscio d'uovo bucato con lo spillo. L'impiegato, salutista e meticoloso, che l'aveva succhiato e buttato dalla finestra aveva fatto centro; la mano ignota che aveva lanciato il cucciolo, dal muro o dal cancello, l'aveva mancato. E Flik era lì, grassoccia e informe, che nasicava alla cieca sul ghiaino lasciando impronte umide sui sassi, sollevando brevi aliti di polvere in una ricerca disperata di mammella.

La sua ascesa fu rapidissima: entrata in casa Adorno venne subito considerata, come ogni cosa che diventa loro, da Belverde alle case ereditate, dai gioielli alla domestica, quello che c'era di meglio in proposito e amata con la gioia di un possesso lungamente accarezzato. Assodato che era una femmina le furono impediti i contatti col mondo e la figlia si era adeguata così bene ad una vita raccolta, di casa, in cui una porta aperta era un avvenimento da temere, che aveva dato presto ai padroni quelle consolazioni che non aveva dato loro il figlio. La volta che era stata costretta ad uscire per seguire la famiglia in Sicilia, in vacanza, si era buttata in terra come morta al momento in cui le era stato messo il guinzaglio e non si era più mossa: l'avevano dovuta trasportare in braccio, così, le gambe in aria rigide e tese, a paralitica, suscitando gli accorati commenti dei compagni di viaggio. La libera scelta che essa aveva fatto di nutrirsi soltanto di carne, aveva suscitato le congetture più lusinghiere su una sua origine nobile, l'avere abbaiato per la prima volta al campanello che le ridava il padrone era stato considerato prova lusinghiera d'intelligenza e di attaccamento. Il fatto che avesse continuato poi, in un allargarsi d'amore e di mancanza d'acume, ad abbaiare ad ogni campanello, non aveva diminuito nei padroni i motivi di commozione e di orgoglio.

La mia presenza e quella di Cosimo sembravano averla portata ora sull'orlo di un collasso.

– Zitta! 'A bedda! Ch'è tosta!... rosolio! – gridava intanto la Prefettessa, domate le lacrime, paonazza solo per lo sforzo che le costa sempre il parlare, diventato immane nella gara col cane. – Venite a prendere un po' di rosolio che vi riscalda! – riuscì a dire e faceva segno di seguirla per il corridoio grande e lungo come una strada.

Uscendo da un silenzio di ore con la stessa voce estranea, di naso, con cui vi si era immerso: – Ma quale rosolio! – rispose Cosimo e il suo mento era alzato nell'atto di chi guarda al di sopra delle teste dei presenti qualcosa che queste gli impediscono di vedere. Voltò bruscamente a sinistra, s'infilò in una porta e sparì. Il Prefetto, dandosi inutili colpi sulle ginocchia per attirare il cane, era sparito in un'altra. Io sola, al seguito della Prefettessa, percorrevo la via del rosolio. La «figghia» ci precedeva scomposta cercando di fare al mio incedere scudo di sé. In una stanza grandissima, attristata da mobili neri, ci fermammo. Non sentivo la parola rosolio da quando, bambina, mordevo certi confetti che cedevano un po' e si spaccavano all'improvviso lasciando colare sul mento, sul petto un liquido dolce, appiccicoso: il suo suono aveva qualcosa d'antico che m'inteneriva, il suo significato mi disgustava.

Rosolio era, per la Prefettessa, qualunque liquore, ma siccome preferiva i leggero-dolciastri, il liquido che mi offrì non era lontano da quello dei vecchi confetti.

Una tavola enorme, sorretta da colonne scanalate e massicce, le stesse che appesantivano, per guarnirli, i mobili neri, era apparecchiata per la cena: sul bianco dei piatti spiccava l'azzurro di un fregio i cui particolari mi sfuggivano. Dal soffitto alto, a volta, incombeva sulle teste dei commensali un lampadario di Murano gigantesco, fitto di candele, di prismi, di ciondoli che mano umana, se mai lo avesse raggiunto, avrebbe certamente ripugnato dallo spolverare e su cui gravava pertanto ancora la polvere dei prefetti fascisti.

Cosimo e il padre ci raggiunsero presto: fra le tante abitudini che di loro ignoravo c'era quella di svestirsi per il pranzo.

Gli occhi degli altri, di cui si considerano il panorama migliore, il senso esasperato del decoro che si risolve in una cura, che è amore, del proprio vestiario, li costringono, quando sono fuori, ad un contegno di estrema attenzione, che crolla appena varcata la soglia di casa, in un bisogno di sbracamento, di scioltezza, di libertà. Essi lo appagano infilandosi in un vestito vecchio l'inverno, in un pigiama a righe, preferibilmente di seta, identico a quelli da notte, l'estate. Nel pigiama si annega oltre l'attenzione al proprio vestiario, il controllo di sé, del proprio linguaggio. Di preferenza tacciono, paghi, con l'aria torbida di chi è appena uscito dal letto. Se parlano è solo in dialetto. Se gridano è «cacchio». Cacchio di femmina, di luce, di mosca a seconda dell'urto che li muove. Gli ospiti sono così divisi in quelli con cui si può mangiare in pigiama e tacere, prerogativa che dà ai pranzi fra parenti l'aspetto di mense di forzati, e in quelli per cui bisogna vestirsi e parlare, considerati «sfacennamento», questi ultimi, anche nel caso, rarissimo, che siano graditi.

La mia giovane età e l'essere io sulla soglia della parentela, mi avevano fatto considerare ospite da vestito vecchio.

Sdegnando palesemente di piacermi, Cosimo si era messo un insieme avana-rosato, dalle spalle troppo imbottite e sulla camicia abbottonatissima non aveva cravatta; il padre, a suo agio in una giacca pesante, di cardato di guerra, orticante e legnoso, le cui maniche piegate dall'uso evocavano la pancia dei crostacei, aveva al collo, unica nota di riguardo per me, una sciarpa di seta floscia a fiocco, che gli dava un'aria da pittore di marine.

Il taglio dei pantaloni larghi, abbondanti, vagamente clowneschi, riuniva padre e figlio nel tempo riportandoli alla stessa moda interpretata dallo stesso sarto.

Cosimo si sedette per primo con l'aria del pensionante scontroso costretto a mangiare al tavolo d'altri: abbassò il naso sul piatto come se fiutasse qualcosa e non lo rialzò fino alla fine del pasto.

Al cane io dovetti quella sera i motivi più spontanei di conversazione. Mi stava vicina, Flik, e mostrando il piccolo petto carenato su zampe divaricate, frementi, ancora pronte allo scatto, mi guardava coi tristi occhi da polpo e un batter leggero di coda.

– Che buffi occhi ha... – dissi sorridendo – somiglia a Misha Auer.

– A chi? – fece il Prefetto.

– A Misha Auer. Non lo conosce? È un attore.

Rassicurato, ma con un'ombra di sospetto – La figghia ave due occhi che sono due stelle – si sentì in dovere di affermare.

Un uomo bruno, robusto, con baffi e un aspetto deciso, lo stesso che aveva aperto la porta insieme a Concetta, veniva in quel momento dalla cucina portando baldanzoso una concolina fumante. Arrivato vicino alla tavola fece un guizzo come se stesse per cadere, cui seguì immediato, acuto, un guaito. Altrettanto immediato fu il grido – Bestia ca sète! – lanciato dal Prefetto, stravolto. In una vampata di sdegno e di cultura mi affiorarono i versi della «vergine cuccia». Il cane, uscito dall'urto camminando di sbieco, scodinzolava con crescente impegno sul cessato pericolo e sulle parole di conforto del padrone.

Già sentivo le frasi roventi con cui avrei raccontato l'episodio, quando l'agente Barbacino, posata la concolina ed esaminatosi un piede:

– Eccelle', – disse ridendo – meglio lei che io.

Seccata di essere accorsa per niente, Concetta lanciava in quel momento il fatidico appello che, da allora, ho sentito ripetere ogni sera:

– Sua Eccellenza come lo volete l'ovo?

– E doppo che iddu non guarda dove mette i piedi... – continuava il Prefetto cercando di alimentare, storicizzandola, la propria ira scemante.

– Come lo volete l'ovo? – insisteva Concetta in un tono che non ammetteva distrazioni.

– A bagnarepane! – arrivò la risposta, lanciata come un'imprecazione.

– ... bagnarepane – fece eco la Prefettessa. E bagnarepane, che è poi l'uovo bazzotto, s'impresse nella mia mente come Bagnoregio e Poggiocancello.

– Vossia? – La domanda era rivolta a me.

– In un modo qualunque...: al tegamino.

– Come sarebbe c'u tegamino? – fece la donna oscurandosi.

– Fritto.

– Fritto di sera? – più voci stupite fecero in coro.

Io non sapevo ancora il numero infinito di cose che non si possono mangiare di sera e che restringe le cene degli Adorno a un po' di verdura, un uovo, un pezzetto di cacio.

La verdura, di preferenza lattuga, come quella che nuotava nella concolina fumante, è quasi sempre lessa, servita nell'acqua e condita con l'olio. «Un po' di brodo...» dicono gravemente versando sulle foglie afflosciate nella scodella cucchiaiate d'acqua verdognola e calda.

È difficile immaginare qualcosa dal sapore più mite, qualcosa mangiato con più convinzione: «fa bene», «disintossica», «purga» dichiarano o pensano ingoiandola tutte le sere. La «verduredda» più che un piatto è una fede, un principio. L'uovo deve avere comunque a che fare con l'acqua altrimenti diventa pesante. Il cacio è provola, e se questa è buona «sembra caciocavallo» ammettono e si guardano fissi approvando col capo. Il caciocavallo, specialità della loro terra, è prodotto e goduto soltanto là e non vale portarsene enormi fette dalla licenza, sparisce subito e ritorna la provola.

Nell'atto di bere mi accorsi che il fregio del piatto, rivelatosi ai miei occhi stupiti lo stemma Savoia affiancato da fasci littori, era ripetuto, in piccolo, a fuoco, sul cristallo dei lunghi bicchieri.

– Questi fascisti! – mi scappò detto, quasi parlando

a me stessa, – hanno rovinato tutto, col marchio... – e ripensandoci: – fra l'altro dimostravano di non fidarsi a lasciare piatti e bicchieri agli uomini a cui affidavano province.

– E meno male che non si fidarono – aggiunse il Prefetto – che ci fu chi svaligiò gli alloggi lo stesso.

Sulle uova, sulla provola, sulla fruttiera ricolma cadde di nuovo il silenzio. Ormai mi era chiaro che se io non parlavo, nessuno parlava.

– Se dovesse scegliere, quale sede vorrebbe? – domandai rivolta al Prefetto.

– Questa.

– Non ne preferirebbe una in Sicilia?

– Ma quale! – fece alzando il mento in gesto di diniego. – In Sicilia – aggiunse ridacchiando fra sé – sarei come pulcinella fra due padroni: oltre al governo c'è la regione.

– Roma?

– Peggio! 'U ministro, 'u capo della Polizia, 'u Papa, 'u Presidente della Repubblica: un povero cristiano non sa dove voltarsi.

– Allora – chiesi finalmente, sorridendo invitante – una sede della Toscana? Firenze, per esempio.

Alzando ancora il mento, ma di scatto, a sottolineare la fermezza del diniego:

– Rossa è – e il viso gli era diventato improvvisamente severo.

– Pisa?

– Rossa è.

– Siena, Livorno: sono città tranquille, civili – insistevo divertita.

– Rosse, rosse sono – e il tono non invitava allo scherzo.

Più tardi, nello studio, dove ci ritrovammo soli, Cosimo mise le mani sulle mie spalle, mi guardò negli occhi e ritrovando la voce di sempre:

– Hai detto tutto quello che non dovevi dire e non hai detto quello che dovevi dire – constatò amaramente.

– E tu perché sei stato sempre zitto?

– Io coi miei non parlo.

– E perché non parli?

Proiettando lo sguardo nel vuoto al di sopra della mia testa come se già accomunasse la mia presenza a quella dei suoi:

– Così è.

– E le poche cose che dici perché le dici col naso? – insistei.

– Non è naso, è dialetto.

Quello che io avrei dovuto dire era né più né meno quello che lui stesso avrebbe detto, e volta a volta direbbe, se vecchie ferite e muri di pudore non gli impedissero di comunicare coi suoi. L'ho capito da anni e non sono mai arrivata a tanto.

VI

L'agente Barbacino Raffaele, che aveva pestato il cane, era da anni al servizio del Prefetto. Viveva nell'alloggio mangiando, dormendo, svegliandosi solo se qualcuno lo chiamava: non c'era cerimonia, o ministro, o fatto di popolo che incrinasse il suo sonno. Un colpo alla porta e una voce da parca: «Sono i sette!», «Sono l'otto!» lo facevano entrare, gravemente, nel giorno. A volte Concetta lo lasciava dormire per rifulgere agli occhi dei padroni: nella confusione del mattino si sentiva il grido del Prefetto già pronto «Lo svegliaste a Barbacino?». Più raramente arrivava a sacrificare il proprio sonno pur di dire, cupa, alla porta «Barbacino, sono i sei!».

Il lavoro, rarissimo nella sua vita, era per lui una dimostrazione di forza: lo affrontava in casi speciali, se aveva certezza di pubblico. I trasferimenti erano le occasioni migliori: batteva, gridava, sollevava, spingeva muovendosi come sull'arena di un circo. «Bedda matre ch'è materiale!» commentava, da ferma, Concetta che in fatto di sforzi non accettava sfide.

Lungi dal risparmiarsi le forze ne metteva una carica eccessiva anche nei movimenti che non ne richiedevano. Soffriva di strappi. Col primo trasferimento si era imposto all'attenzione della famiglia e, considerato subito indispensabile, il meglio che si potesse avere, era stato trasferito anche lui, coi bauli e le casse, nella nuova sede. Col secondo e con gli altri si era riabilitato ogni volta del torpore di mesi inattivi. Bocciato per sempre agli esami di brigadiere, si presentava da anni alla licenza media per fare carriera «per titoli». Studiava sdraiato, russando col libro sul viso. Il contatto fisico coi libri aveva inciso sul suo aspetto esteriore: gli occhiali, messi nonostante la vista perfetta, la borsa di cuoio sotto il braccio, i capelli un po' radi, l'espressione soddisfatta e cordiale gli davano un'aria di professionista avviato.

Lo chiamavano spesso ingegnere. Invece di schermirsi, il pensiero della dignità che gliene veniva gli appesantiva un momento lo sguardo.

– Volesse essere fatto l'uovo frullato? – mi chiese, compito, al tavolo della mia prima colazione. La sua giornata cominciava così, con le uova frullate. Le frullava per Cosimo, per il Prefetto, per gli ospiti che come me, impietriti dai congiuntivi, non avevano la prontezza di reagire. Frullava mollemente, svogliato, accompagnandosi con lunghi sbadigli.

Più tardi, profumato, sbarbato, usciva di buon passo con una grossa valigia. – Parte? – gli sorrisi incontrandolo nel corridoio. Anche giù al portone le prime volte, in ogni sede, c'era chi gli chiedeva se andasse in licenza. A mezzogiorno tornava e aveva fatto la spesa.

Serviva a tavola spronando i commensali a mangiare, intrattenendoli con un sorriso ai confini del riso su piccoli fatti del giorno. Il solo pensiero che gli spengesse il viso in un'espressione di serietà era la produzione delle nocciole di cui viveva la sua famiglia napoletana e contadina. «Come infatti... le nocciole servono...» cominciava gravemente e poche risultavano al mondo le cose a cui non servissero.

A pranzo finito riapparecchiava per la cena e lasciando tutto il giorno la tavola completamente imbandita prendeva la sua libertà. «Si ritirò Barbacino?» chiedeva il Prefetto andando a letto, la sera. «Ma quale!» rispondeva Concetta. Più tardi Barbacino rientrava, più acuto era il suo piacere di svegliarlo al mattino.

La giornata di Concetta si macerava nella convinzione di lavorare di più: rassettava le stanze, cucinava ed ogni pomeriggio usciva con in mano la tessera che le schiudeva gratis l'ingresso dei cinema. Non sapendo leggere sceglieva i film dai fotogrammi esposti ed entrava spedita. La maschera armeggiava a lungo nel buio per aprire, con reverenza affannosa, i posti tenuti a catena per il *Prefetto e Signora*: lei aspettava impavida stringendo la borsa nel pugno.

– Che cosa ha visto? – le chiesi una sera al ritorno. – Che saccio! – rispose alzando il mento nello stesso gesto dei padroni. Solo se era un western si sapeva spiegare: – Vitti 'no film 'e cappellazzi.

I pranzi in cui sublimava, esaurendola, la propria abilità di cuoca, non avevano, per varietà di cibi, un respiro più ampio delle cene. Erano sempre montagne di «pasta c'a sassa» che nascondevano, a tavola, i volti muti dei commensali. Se Cosimo sfilava il piatto di sotto alla scodella per riempirlo di una parte della sua porzione e respingerla, un grido spezzava, improvviso, il silenzio: «Mangia figghiu che siccu ti facisti!»; «Mangi, dotto', mangi» aggiungeva ridendo Barbacino, convinto di sorridere.

La domenica era un giorno diverso: la «pasta c'a sassa» diventava «c'u sugu» e i familiari parlavano. «La facisti 'a pasta c'u sugu?», «Com'è la pasta?», «C'u sugu!»; «... sugu»; «Che c'è di più buono al mondo della pasta c'u sugu?» concludeva sempre qualcuno guardando gli altri con la bocca arancione.

La carne, quasi sempre «arrostuta», risecchita, accartocciata, ritorta, arrivava in fette ammucchiate in un grande vassoio e dava luogo a lanci e rilanci, nel piatto, dal piatto di Cosimo.

– Te lo scordasti cosa disse 'u medico? – insinuava la madre con occhi lustri e allusivi.

– Perché cosa ha detto il medico? – feci io, la prima volta, vagamente allarmata.

– Che era troppo secco...

– Quattro anni avevo! – intervenne Cosimo alzando eccezionalmente la testa dal piatto. – Pazza è!

La domenica anche la carne si trasformava in tocchi arancioni che avendo ceduto il meglio di sé al sugo per la pasta, sapevano solo di sugo e quindi, ancora, di pasta.

Cominciai presto a temere le domeniche.

Anche Vincenzo Adorno le temeva: una cerimonia, un invito a pranzo, un ministro poteva sempre capitare a privarlo del suo piatto preferito. Dopo i ministri gli inviti a pranzo erano la piaga della sua carriera. Più i menu erano ricchi, più la cucina raffinata, maggiore la sua sofferenza.

«Schifìi!» imprecava al ritorno se Concetta gli chiedeva «Sua Eccellenza, che mangiaste?». «Cose c'u burru!» il che era per lui il massimo dell'abiezione. Fra i pranzi, i più odiati, eran quelli del Rotary Club: lì oltre a inghiottire con lunghi sorsi d'acqua boccate di gelatina tremula, doveva anche mostrarsi facondo, fervido d'idee.

Se si eccettuava santa Barbara le cerimonie, invece, non esigevano di questi eroismi: inaugurazioni, centenari, esercitazioni dei vigili del fuoco, feste nazionali non gli chiedevano che la propria presenza e, a volte, la sottolineatura di qualche parola.

Santa Barbara no. Santa Barbara era una santa guerriera, esigente. Cadeva in dicembre e veniva celebrata con la messa al campo: mezz'ora a testa scoperta nel vento, nella pioggia, nel gelo. Quella sua testa resa dolcemente più bianca del viso, là dove i capelli sono radi, proprio dall'abitudine di andare sempre coperta, contratta al solleone della sua terra. E non c'era sede ove si potesse evitare: a sant'Eustachio si poteva sfuggire, a san Gennaro, a san Venanzio, a tutti i patroni delle città, a santa Barbara no. Patrona delle forze armate, dovunque fosse un distretto, un aeroporto, una caserma, la messa al campo era là.

«'U raffreddore 'e santa Vàvvara» era qualcosa come «l'estate di san Martino», atteso, previsto, ma oscillante nel tempo. I vecchi riconoscono questa al leggero tepore, la Prefettessa, al primo starnuto, «'U raffreddore 'e santa Vàvvara!» esclamava amara e trionfante di coglierlo al varco, anche se dalla cerimonia eran passati ormai troppi giorni.

Quanto ai ministri la nuova provincia, che pure aveva il vantaggio di non averne di suoi, rivelava da poco un piccolo neo: ne attirava troppi. L'essere abbastanza vicina a Roma, quasi tutta in montagna, fresca l'estate, adatta agli sport l'inverno, li invogliava alle brevi scappate, con apparizione mondana. Arrivavano di corsa. L'Adorno si schermiva, modestamente, dal salire sulla macchina loro: conversare con un ministro in balia di uno sconosciuto autista, era fra il peggio che egli potesse immaginare.

Preferiva seguirli fino sul posto, alla stessa velocità, sulla macchina propria, maledicendoli dentro di sé per quegli alberi in fuga che non poteva frenare. Su un altopiano, sulla riva di un lago, in un paese in festa i ministri scendevano, tagliavano nastri, porgevano coppe e, sorridendo, ripartivano presto, giusto in tempo per sfuggire ai cori e ai balli in costume. Al Prefetto, al questore, svuotati di responsabilità, toccava l'incarico di assistere al resto.

«Andiamo piano, Gastaldi» diceva l'Adorno all'autista sistemandosi in macchina a festa finita. «Corremmo abbastanza stamani. Noi non abbiamo fretta».

In quei giorni la via che aveva scelto di frequentare le festicciole dei preti per dimostrare un orientamento politico, gli sembrava ancora la migliore, la sola che si potesse seguire senza gran sacrificio.

Bastava andare lì, ascoltare, benevolmente approvando, le recite acquose, sciapite ma buone, come una «verduredda» e mandare, a Pasqua, a Natale, un sussidio per gli orfani.

VII

Qualche giorno prima di Natale il freddo accelerò il passo alla gente: solo gli zampognari perduti in una ricerca di fiato, strascicavano lentamente le uose con lunghe soste alle cantonate.

Sulle case indifese della vecchia città in collina, sulle sue strade aeree, sui vicoli ripidi che sboccano in cielo, il palazzo della prefettura, chiuso, massiccio, fumava come un vapore. All'interno la Prefettessa, resa energica dalla presenza del figlio, aveva preso il comando delle caldaie. Un profugo giuliano, che alla vita con Tito aveva preferito quella, da diavolo, sempre in piedi davanti alle bocche roventi, aveva il compito di accenderle, di alimentarle. Lei controllava la temperatura su un termometro appeso al muro nella sua camera: se questo scendeva da ventuno, a venti, a diciotto, «Che fece 'u profugo?» si chiedeva allarmata e stizzita; «Barbacino dite a 'o profugo di caricare» e quando l'agente risaliva ansante dalla cantina «Caricao?» lo investiva. «Caricò, caricò».

Le caldaie degli uffici morivano a sera, quella dell'alloggio alitava tutta la notte. Nel corridoio l'impianto si rivelò presto insufficiente a raggiungere i gradi voluti; la Prefettessa si rivolse all'economo e ne ebbe in aiuto dei termosifoni elettrici, piccoli, argentei, muniti di una manopola per regolare il calore. Messi e lasciati tutto il giorno al massimo, quand'erano sul punto di scoppiare sfiatavano attraverso un forellino schizzi d'acqua e sbuffi di vapore, fischiando. Fischiavano a lungo prima che qualcuno si decidesse a girarne il bottone, fischiavano a turno perché non si potevano abbassare tutti insieme a rischio di raffreddare il corridoio.

Anche gli scaldabagni erano sempre accesi e uno che aveva il termostato rotto ogni tanto si metteva a bollire: un rumore cupo, di tuono, ritmato come quello di un cuore, faceva fremere le pareti, l'alloggio. In quel caso tutti gridavano «'U scaldabagno!». «Correte!», «... nel bagno nero!». «Scoppia». Allungando il braccio e volgendo indietro la testa, con gesto da Pietro Micca pronto a saltare, Barbacino faceva scattare l'interruttore. Concetta, convinta di vincere in intelligenza il coraggio, apriva svelta le cannelle: con spari, ingorghi, getti improvvisi l'acqua bollente cominciava ad uscire appannando presto nel fumo gli accessori lustri del bagno, gli occhiali inutili di Barbacino.

Nei ventuno gradi raggiunti la Prefettessa si muoveva inquieta, sottilmente amareggiata al ricordo che a Torino c'erano i doppi infissi.

In quest'atmosfera in prefettura ci si preparava al Natale.

Le prime visite di auguri erano quelle delle monache. Venivano a due a due, la superiora nascondendo al freddo le mani nelle pieghe dell'abito, l'altra reggendo un cestino avvolto in un tovagliolo. Suonavano timidamente: se non fosse stato per l'abbaiare immediato e furioso del cane, il trillo del campanello che si perdeva nella vastità dell'alloggio senza arrivare a loro le avrebbe lasciate in un'angosciosa incertezza. Entravano, avvolte di freddo, nel corridoio caldissimo dove Flik le minacciava con occhi iniettati, i termosifoni fischiavano, l'agente diceva «S'accomodassero» e la Prefettessa, richiamata dal chiasso, arrivava facendo gran cenni di chiudere.

Nel salone giallo, dove venivano introdotte, mentre la «figghia», improvvisamente interessata, annusava loro torno torno la veste, si trattenevano quel tanto che occorreva per accettare o rifiutare un bicchierino «'e rosolio», per alludere ai lavori di cui aveva bisogno il convento, ai vecchi, agli orfani, al freddo e agli acidi urici. Andandosene, «Eccellenza...», «Madre...», «Eccellenza...», lasciavano il cestino e sorridevano con insistenza al cane di cui avevano intuito il posto che occupava in casa e nel cuore del padrone.

I biscotti erano sempre gli stessi: gonfi o schiacciati, a rombo o a ciambella mandavano tutti un odore acuto di uovo e lasciavano in bocca sapore di bicarbonato. Spennellati di bianco o ricamati di confettini richiedevano, a mangiarli, la stessa incredibile quantità di saliva. Straziava il pensiero che per chi li offriva e per chi li aveva fatti rappresentavano il meglio ed erano stati forse motivo di piccoli atti di gola. Restavano a lungo nel cesto. Soltanto Cosimo, cui il ribelle disprezzo del cibo aveva impedito di smaltire la golosità nell'infanzia, cautamente, con aria attenta e vogliosa, sollevava ogni tanto il lembo del tovagliolo, come una veste di donna, e ne prendeva qualcuno. Li rosicchiava nello studio, da solo, a testa bassa su un libro di Heidegger.

I preti venivano soli: padroni dell'animo umano sorridevano subito al cane. Non portavano niente: accettavano amabilmente qualunque liquore, lo sorbivano con contenuto piacere, arrossendo. Un parroco asmatico, grasso, che tirava ogni volta il respiro come se fosse l'ultimo, si lamentava con inconsapevoli, flebili accenti da comunista, dei ricchi che non pagavano le decime. Un altro, tremulo, vecchio, aveva il vezzo di dire «Eccellenza, lei che è una buon'anima...». «Chissu me la jetta!» pensava irritato il Prefetto (che avrebbe preferito di gran lunga essere definito anima buona). Il rettore dei Salesiani impacciato anche lessicalmente dall'origine altoatesina, diceva spesso «purtroppo» invece di «davvero» o di «molto», invitando alla costernazione su argomenti che non ne richiedevano. «È stata una bella festa» alludeva compiacente l'Adorno all'ordinazione di un sacerdote. «Purtroppo, Eccellenza, purtroppo». Il rettore dei Gesuiti, un giovane pallido e svelto, invece di sorridere al cane, «Bella bestia» apprezzava, «begli occhi».

Monsignore non veniva. Mandava al suo posto una scatola di sigari avana. Rigirandola tra le mani a interpretarne i timbri, le scritte, i sigilli, «Chissi non servono» concludeva il Prefetto abituato a fumare il toscano, e la consegnava, intatta, alla moglie.

Dal vescovo andava lui stesso.

Il ricevimento di Natale, in cui confluiva il resto delle visite, si distingueva dagli altri perché al momento di andarsene, le cento persone presenti, stringendo la mano al Prefetto, dicevano «Auguri, Eccellenza» o «Eccellenza, auguri». Quel giorno il cane impazziva di campanelli. Cominciava la mattina con le donne che venivano per la pulizia dei saloni, continuava coi camerieri che portavano cassette di biscotti, di paste, pile di sonanti vassoi. Si placava appena nell'ora del pasto per riavventarsi alla porta sull'agente Izzo, che il questore mandava ad aiutare, sul ragazzo latore di un mazzo di fiori. Quando arrivavano i primi invitati e il campanello squillava ogni pochi minuti, il suo abbaiare era già un moto convulso, meccanico, indipendente dalla volontà, come se premendo il bottone, da fuori, suonassero lei.

Funzionari, magistrati, onorevoli e signori del luogo venivano a gruppi di cinque, di sei conducendo gravemente le mogli ammantate di astrakan. Li avviava ai saloni Concetta che per l'occasione, rifiutato il grembiule, si agghindava come un'ospite («Che sugno 'a cammarera tutti lo sanno: perché m'aio a mettere 'u grembiule?») o Barbacino la cui distinzione, unita alla familiarità con cui si muoveva nell'alloggio, lasciava qualcuno nel dubbio che fosse un parente. Sulla soglia del salone giallo la Prefettessa accoglieva gli ospiti: tratteneva con sé le signore e indirizzava gli uomini verso il salone azzurro dove il Prefetto li invitava a sedere, gomito a gomito, in coscienzioso cerchio.

Uniti di nuovo in armento, come sulle montagne del Caucaso gli agnelli persiani, le signore parlavano. Parlavano fitto, avvicinando le teste, incrociando come lame le penne dei cappelli, di cui la necessità di distinguersi una dall'altra giustificava la foggia e il colore.

La Prefettessa cambiava posto ogni tanto portando dovunque con sé un'oasi di silenzio. Sorrideva, guardava ognuna fissa negli occhi come se avesse da comunicarle una personale, eccitante notizia e non diceva niente. Se una, più spigliata, rivolgeva a lei la parola «C'è un bel caldo qui!» o «Fa molto freddo fuori», gli occhi le diventavano lucidi, intensi, il volto si tendeva nello sforzo di esprimersi e, a volte, nemmeno le persone più vicine afferravano la risposta: «Ventuno gradi» o «A Torino c'erano i doppi infissi», che le usciva a voce bassissima. Qualche minuto dopo che il cane aveva smesso di abbaiare cominciava il rinfresco. Concetta entrava spingendo un carrello affollato di tazze su cui una grossa teiera, riflettendo l'urto dei tappeti, sputava boccate di tè.

Seguendo, nel servirlo, un suo speciale sistema, che del resto nessuno aveva mai discusso, data l'ignoranza e il disprezzo che circonda in casa Adorno l'uso di questa bevanda, Concetta riempiva prima di zucchero, senza parsimonia, il fondo di tutte le tazze, metteva in ognuna una fetta di limone e finalmente le riempiva di tè. Man mano che le tazze venivano distribuite Barbacino ne portava altre vuote e lei, senza mai invertire l'ordine degli elementi, ripeteva l'operazione: nelle ultime, quando il tè cominciava a raffreddarsi e a scarseggiare, si formava una melmetta tiepida, dolcissima, da cui a stento il limone riusciva a sollevarsi. Gli uomini in gran parte lo rifiutavano. Non perché fosse diverso da come lo volevano, ma perché non lo amavano comunque.

– Tè? bì: acqua tiepida! – commentava scherzoso l'Adorno e la battuta suscitava ogni volta i più larghi consensi. Preferivano, gli uomini, allungare la mano allo stelo dei bicchieri su cui il biondo del cognac o il rubino del cherry facevano risaltare lo stemma monarchicofascista.

Dai loro discorsi esulava la politica: sapendo di non essere tutti della stessa opinione, e di essere in molti a non averne, evitavano di dichiararsi, di discutere, di compromettersi. Parlavano, invece, del freddo: del freddo di quei giorni confrontato con quello dell'anno precedente, concludendo che il loro era un freddo sano, asciutto, gli abitanti del luogo. Del freddo della sede da cui provenivano, i trasferiti, di quello delle sedi più fredde dov'erano stati.

– A Torino faceva molto freddo – interveniva il Prefetto con una voce profonda, compiuta, direttamente prodotta in lui dalla consapevolezza di parlare in un salotto e coincidente con la sua idea della mondanità – ... ma là c'erano i doppi infissi.

Il freddo del '29 li trovava tutti d'accordo, paghi dello stesso primato. «Nell'anno della spagnola...» cominciava a questo punto qualcuno, trascinato dal fascino dei grandi flagelli «... nell'anno del terremoto di Messina...». Da lì si passava alla guerra: a quella del '18, ché l'ultima poteva coinvolgere in giudizi politici o rivangare passati troppo recenti.

Facendo risuonare i vassoi come usberghi, Barbacino passava i salatini, le paste. Lento, composto, col sedere leggermente sporgente, l'agente Izzo offriva i liquori. Serviva coi guanti. «È stato col duca d'Aosta» si diceva per questo di lui.

L'arrivo della marchesa T., avvenuto con molto ritardo, provocava, oltre ad una estrema convulsione nel cane, spostamenti nel salone giallo.

Appoggiata da un lato a una robusta, matura nipote, dall'altro a una mazzetta, che stringeva come se l'avesse da poco strappata a qualcuno, la marchesa T., piccola, scarna, costretta dagli anni e dalla spina dorsale a camminare guardando fisso in terra, conservava nel passo, lento ma ancora uniforme, preciso, nello scatto della mano adunca, nervosa, intatta la sua autorità.

Sulla bocca della gente, il suo patrimonio, accresciuto dall'avere seppellito due mariti, era divenuto leggenda: comprendeva vigne, uliveti, palazzi, paesi, montagne; la sua età oscillava dagli ottanta ai «più di novanta» a seconda di quello che voleva dimostrare chi ne parlava; che le nipoti avevano ancora da aspettare o che, ormai, si poteva considerare già morta. Al suo apparire le signore si erano alzate in piedi, avevano offerto il divano, la poltrona, la sedia e ora si risedevano, raccogliendosi la pelliccia sulle ginocchia, composte, come in chiesa. Nessuna era abbastanza in confidenza da parlare da sola con lei, né in grado di continuare a chiacchierare fitto con un'altra, ignorandola: la conversazione uscita dai cappelli cercava faticosamente di elevarsi. Qualcuna alluse ai concerti.

– La marchesa parla molte lingue, ha viaggiato molto: è una grande intellettuale – mi spiegò una signorina anziana approvandosi più volte col capo come se fosse un'altra a parlare.

– Ah! la musica è bella... – dichiarava intanto la moglie del sindaco dimostrando con le parole e con lo sguardo di appartenere alla tradizione musicale della città.

– Anche la pittura è bella...

– La pittura moderna no! – scattava un'altra mentre scuoteva e ravvivava con la mano un lembo di agnello persiano calpestato da Barbacino, nel suo affannoso muoversi intorno alla nuova ospite.

La marchesa, con la testa forzatamente bassa, taceva: ogni tanto volgeva il viso di fianco, con mossa da piccione, e guardava fermamente.

– A Capodanno ci sarà il ballo al Grand Hôtel – annunciò la signora più giovane e più sprovveduta, dimentica degli anni e della spina dorsale della nobildonna, in nome della mondanità che le attribuiva.

– Non è il caso di farsi vestiti, – consigliò inaspettatamente la vecchia – i vestiti si fanno per i veglioni di carnevale.

La conversazione all'improvviso animata rientrò nei cappelli.

– La regina Margherita... – disse ancora la marchesa storcendo più che poteva il collo a sinistra per guardarne il ritratto sulla parete. – La marchesa parla! – avverti eccitatissima la signorina anziana, – ... mi sembra ancora di vederla qui in questo salotto... – voltò bruscamente il viso e guardò con l'occhio destro: – stava in piedi là, in quell'angolo... – la lontananza del ricordo, l'amore di cose perdute, le avevano addolcito la voce.

Là, in quell'angolo, c'ero io.

Quando la prima persona si alzò per andarsene, anche le altre si accorsero che era tardi: scattarono in piedi, si affollarono per salutare, uscirono dai saloni tutte insieme come dal teatro a spettacolo finito. Nel lungo corridoio fra il nero degli astrakan spiccava la schiena marrone della marchesa, la sola che avesse il cappotto: procedeva più piano, circondata di attenzione e di curiosità rispettosa, come gli ultimi garibaldini nei vecchi cortei.

VIII

Natale passò, avvolto di sugo, come una qualunque domenica. Per gli Adorno non ci sono feste. Esaurendo le loro capacità emotive in tutto ciò che riguarda la salute, le tradizioni li lasciano indifferenti; nutriti ogni giorno degli unici cibi che amano al mondo e che considerano i migliori, alla loro gola perennemente appagata è estranea la voglia di cambiare.

A vacanze finite Cosimo ed io tornammo alle nostre sedi di lavoro. Quando partimmo il nostro matrimonio era fissato per la prossima estate. Negli ultimi giorni avevo avuto modo di parlare da sola coi suoi genitori, li avevo trovati nel salottino un po' prima dell'ora di cena; lui, vestito da casa, fumava un pezzo di toscano nella pipa, perfettamente pago di appannare l'aria in silenzio, lei sfogliava i giornali con un paio di occhiali calati sul naso, improvvisamente invecchiata da quel suo guardarmi al di sopra. Formulando uno dei discorsi più lunghi della sua vita mi chiese se mi trovavo a Pisa quand'era caduta la casa.

– No, – risposi – quando fu colpita la prima volta ero a Viareggio dagli zii, ma il giorno dopo il bombardamento andai a Pisa in bicicletta per vedere cos'era successo.

– In bicicletta? – La Prefettessa si tolse gli occhiali e scambiò col marito un'occhiata allarmata.

– Sì, è vicino. Nella zona industriale non c'erano più nemmeno le strade. Mi orientavo a fatica: anche il quartiere della stazione era quasi completamente distrutto; la nostra casa da lontano sembrava intatta, ma era crollata dalla parte del giardino –. Non aggiunsi che mentre stavo lì a guardarla, era suonato di nuovo l'allarme e che mi ero messa a pedalare a tutta forza verso l'Arno, rimbalzando sui sassi, scendendo e risalendo di corsa dalle buche e che fra i primi spari nel paesaggio allucinante un gruppo di spalatori, abbandonate anch'essi a precipizio le vanghe per le biciclette, mi aveva gridato dietro «Forza, mora! dài, mora!».

– La nonna – ripresi sorridendo per attenuare la malinconia del racconto – aveva cominciato prima che scoppiasse la guerra a dire «come farei io povera vecchia sotto le macerie?!» –. Era stato un documentario sulla rivoluzione spagnola a colpirla: aveva assistito senza battere ciglio a scene di distruzione e di morte, allo spettacolo di chiese abbattute, di santi ribaltati, di cadaveri orrendamente straziati, ma quando fra tanto sterminio si era intravista una vecchia che traversava la strada «mamma mia!» aveva esclamato inorridita «poverina quella vecchia!» e a guerra dichiarata, nonostante avesse continuato a vivere, nella città tranquilla, la vita di sempre, aveva cambiato il condizionale in futuro e ripetuto per anni «Come farò io, povera vecchia, sotto le macerie?!».

– Quando le macerie ci sono state lei era dalla figlia, in campagna. Invece di rallegrarsi di essere scampata o di rimpiangere quello che di meglio ha perduto: non so, gli armadi colmi di biancheria... o i mobili antichi... racconta ancora a tutti che nella casa caduta lei aveva quattro ferri da stiro e un sacchetto, pieno, di fermapanni.

– Perché la biancheria? – chiese la Prefettessa. – Non l'avevate levata?

– Non avevamo levato niente: ci eravamo allontanate per l'estate e contavamo di tornare a ottobre.

Richiamata dai ricordi di guerra Concetta da un po' si era fermata sulla soglia: sembrava ascoltare, in realtà aspettava che io finissi.

– Quann'eramo a Bosco Canniti... – cominciò appena io tacqui e all'attenzione esaltata dei padroni raccontò della volta che era caduto l'intonaco. Gli occhi della Prefettessa ora splendevano di lacrime: Bosco Canniti era la loro vecchietta del documentario spagnolo, la sola guerra a cui fossero sensibili.

La mattina dopo, entrata in camera di Cosimo con la tazza dell'uovo frullato, a lui che la rifiutava:

– Non fare tante storie – aveva intimato la madre con la voce stizzita dei momenti di lotta: – nemmeno 'u corredo ave e sempre che va in bicicletta! – Questo, al suo drenaggio, il risultato della nostra conversazione.

La bicicletta è, per gli Adorno, uno strumento di morte e chi lo usa, anche se sopravvive, dimostra di avere in tale sprezzo la salute e la vita, che diventa degno di tutta la riprovazione.

Una mattina di luglio, a esami finiti, partii da X: avevo con me due valige e uno scatolone col vestito da sposa... I capi nuovi del mio corredo si contavano sulle dita, il resto erano cose già usate da me e dalle mie cugine. La guerra, la mancanza di denaro, il desiderio insopprimibile di apparire diverse ci avevano insegnato a scambiarci i vestiti.

L'eventualità che mio padre potesse affrontare le spese del matrimonio non mi aveva sfiorato. Non aveva sfiorato nemmeno lui e la consapevolezza, da me pienamente divisa, che, se ne avesse avuto la possibilità, si sarebbe largamente profuso, gli aveva impedito anche di provarne imbarazzo. Cosimo ed io avevamo deciso di sposarci senza nuovi vestiti, senza ricevimento, senza inviti, ma Vincenzo Adorno, messo a parte del progetto, aveva reagito prontamente: lui non permetteva che il suo unico figlio si sposasse così. Avrebbe provveduto a tutto, ma la cerimonia si sarebbe svolta ad Y, per approfittare della comodità dell'alloggio, dei grandi saloni. Era più di quello che ci occorreva, ma non rifiutammo.

A Roma avrei incontrato Cosimo ed avremmo proseguito insieme. Fra due giorni ci saremmo sposati. Fuori la Maremma riarsa, ruvida di campi mietuti, riempiva di cielo il finestrino e, nelle brevi soste, stordiva di cicale. Quel tratto che avevo tante volte percorso sui treni lenti del dopoguerra, mi era familiare nella linea lunga delle rare colline, nei fianchi ciechi di finestre delle fattorie solitarie, nelle stazioni senza paese. Aprii il giornale: era il 14 luglio del '49. In prima pagina, su quattro colonne, un titolo mi riguardava: *La scomunica ai comunisti*.

In prefettura intanto fervevano i preparativi. Le cento persone presenti al ricevimento di Natale avevano già ricevuto gli inviti, i parenti miei e degli Adorno avevano annunciato l'arrivo, prenotato gli alberghi. Il cane infuriava sui primi regali introdotti da scampanellate improvvise e Barbacino, uscito in quei giorni dalla terza bocciatura alla licenza media, apriva e chiudeva le porte con l'energia dei momenti migliori, afferrava pacchi con una contrazione di muscoli del tutto indipendente dal peso. Concetta, vestita tutta di nero, anche il grembiule aveva voluto tinto per la morte del padre novantenne, appariva sulla soglia con l'aria austera di chi riceve visite di condoglianze.

La primavera, in casa Adorno, oltre al lutto della domestica aveva visto una nuova attività della Prefettessa. Erano state le dame della San Vincenzo a invitarla alla prima riunione, il marito a spingerla alle altre. Lei arrivava puntuale alla porta del convento, un po' rossa per lo sforzo di scendere dalla macchina e di salire le scale entrava nella stanza e si sedeva, col sorriso fisso, al posto d'onore. Alle discussioni non partecipava mai, si limitava a commuoversi se sulle chiacchiere, sui pettegolezzi, sulle proposte, affiorava una storia di miseria e ad approvare, comunque, i progetti di assistenza. Solo una volta aveva fatto cenno con la mano di voler parlare: era un pomeriggio di marzo, dalla finestra aperta sul giardino entrava odore di muschio, di alloro. Nella stanza improvvisamente silenziosa, sulle pareti affollate di santi, «Per favore...» era risuonata, appena udibile, la voce della Prefettessa, «Non si sente!» aveva lamentato qualcuno appassionatamente dalle ultime sedie, «Vorrei chiusa la finestra» aveva continuato lei e concluso così il suo primo intervento.

In quegli stessi giorni l'Adorno, vincendo la propria ripugnanza a camminare, era andato per la prima volta in processione. Si era messo un paio di scarpe comode, aveva preso il bastone e prima di uscire si era guardato attentamente i piedi. Era la festa di san Giuseppe, Gesuiti, Scolopi, Francescani, Salesiani erano presenti alla processione con schiere di convittori, di orfanelli di cui lui conosceva individualmente le disposizioni al canto e alla dizione. Le suore a testa bassa conducevano file grige di aggiogate giovinette, contro le cui retroguardie urtavano, nelle soste improvvise, i ragazzini coi ceri. Il percorso era breve: c'era anche monsignore. Quando l'Adorno, seguendo da vicino la piattaforma oscillante del Santo, era passato sotto il palazzo della prefettura era accaldato, ma non ancora stanco. Aveva alzato la testa in un piccolo cenno d'intesa verso il gran tappeto rosso da cui il volto della moglie e quello di Concetta sporgevano ammiccanti.

In aprile aveva seguito la processione del venerdì santo, in maggio quella del patrono, in giugno aveva saltato quella del Corpus Domini per evitare il caldo, ma qualche giorno dopo era stato il vescovo stesso a invitarlo alla processione di sant'Antonio.

Il treno correva nel paesaggio familiare. Non mi sarei più potuta sposare, almeno non in chiesa. «Sposerò in municipio» ribattevo con sfida in un immaginario a tu per tu col Papa. «Non lo farò mai» crollavo subito dopo. «In chiesa o niente». Mi ero confessata il giorno prima ed ero la stessa di ieri... il mio rancore verso il Papa era pari soltanto al desiderio di sposarmi.

– E ora, che cosa si fa? – chiesi a Cosimo appena scesa dal treno.

– Niente. Non ti sognare di parlarne – fu la brusca risposta; – ormai tutto è pronto; sarebbe uno scandalo per mio padre e la fine per noi.

La sera, ad Y, sotto il grande lampadario che aveva rischiarato le cene dei prefetti fascisti: – Il vescovo vi sposa – annunciò soddisfatto l'Adorno mentre versava un filo d'olio sull'acqua tiepida della verduredda; – la comunione avete a fare – continuò, attento che la goccia dell'ampolla non cadesse sulla tovaglia.

– La comunione?! Macché comunione!! – reagimmo io e Cosimo.

– La comunione, la comunione – ripeté guardando severamente il figlio.

– Ma se per sposarci non è necessaria, perché dobbiamo farla? – spiegai adottando improvvisamente il tono pacato, paziente di quando facevo il lavoro di massa. – Cosimo sono dieci anni che non si comunica e non è giusto costringerlo. Io mi sono comunicata domenica e non c'è motivo che la ripeta.

– Niente, – interruppe lui brusco – questa figura col vescovo io non la posso fare.

– La cerimonia finisce alle undici... – intervenne a questo punto la moglie dando l'impressione di volere cambiare argomento e, quasi strozzata per lo sforzo di continuare, ci guardò tutti con occhi cattivi – ... iddi fino a quell'ora senza prendere niente non possono stare! – concluse indicando inaspettatamente nel cibo la via di salvezza.

L'Adorno si concentrò a lungo nel disporre alla stessa distanza pezzetti minuti di pane nella scodella. Quando rialzò la testa fu per dire, col tono, faticoso ma fermo, di chi è costretto a pronunciare una sentenza che non condivide:

– Mangeranno dopo – e subito, esaltandosi sulle proprie ragioni, – se no va a finire che a Nuoro mi trasferiscono! – gridò.

IX

La mattina della vigilia, odorosi dello stesso treno, i visi stravolti di sonno, arrivarono i parenti dalla Sicilia. Erano una diecina, tutti fratelli, cognati, zii e nipoti fra loro, resi parchi di convenevoli dalla preoccupazione di controllare le valige. Entrarono spingendole, spostandole, allarmandosi per una che sfuggiva allo sguardo e se ne distolsero solo quando Flik, lievemente in ritardo, arrivò su di loro, schiumando.

– I picciriddi! – gridarono più voci alludendo ai due bambini del gruppo; – Fabrizio! Totò! – chiamò la madre riuscendo ad esprimere in un unico tono bilioso l'avvertimento per i figli e la disapprovazione che i parenti avessero un cane.

– Arrivaste?! – diceva intanto la Prefettessa commossa, giungendo anch'essa leggermente in ritardo.

– Morde? – la investirono più voci.

– No! No!...

– I picciriddi! – lamentava ancora qualcuno.

– Venite... venite...

– Morde? – chiese il più anziano del gruppo rivolto, con familiarità, a Barbacino.

– Non morde, non morde colonne'!

Rincuorato, il colonnello si avviò per il corridoio andando in affondo ad ogni passo per una vecchia ferita:

– Ma unne lo pigliaste 'stu cani?! – esclamò poco dopo e continuò ad avanzare senza aspettare risposta.

Forte della momentanea assenza del Prefetto, Barbacino afferrò Flik di peso, la infilò in una stanza e chiuse svelto la porta. Improvvisamente rallegrate dalla riconquistata sicurezza, le voci si mantennero altissime.

– Mìzzica! Nemmeno un minuto di ritardo! – annunciò il colonnello esultando per la puntualità del treno come per una propria prodezza.

– Dormiste? – domandò la Prefettessa mentre guidava il gruppo verso la stanza da pranzo apparecchiata per la colazione.

– Ma cu' dormiva c'u pensero delle valige? – lamentò per tutti una voce.

– I picciriddi dormèro – aggiunse ironicamente un'altra,

– Mangiaste?

– A Messina accattammo gli arancini. Vedessi come ci piacevano ai picciriddi! – intervenne per la prima volta, estasiata, la sorella della Prefettessa che era anche la nonna dei bambini.

– Belli erano – approvò gravemente il marito.

– Sono aranci speciali? – domandai incuriosita dall'entusiasmo e dal diminutivo.

– Che cosa?

– Gli arancini.

– Aranci gli arancini?! – stupì il colonnello e si mise a ridere.

– Che disse? – chiese a lui, ignorandomi, la moglie.

– Credeva che gli arancini fossero aranci – ripeté divertito e rivolto a me. – Sono di riso, fritti...: supplì, ecco, supplì!

– Ne ho ancora due – fece la moglie e messa con delicatezza la mano nella borsa da viaggio, ne estrasse un involto gualcito, che depose sulla tavola. Il colonnello lo aprì nervosamente e:

– Ecco gli arancini! – indicò soddisfatto.

Due enormi supplì decaduti da una originaria forma di cono rivelavano in piccole crepe unte la stanchezza del viaggio: da una crepa più grande si affacciava un grumo di sugo.

Ormai eravamo tutti a tavola, seduti. Barbacino mise davanti ai bambini due tazze con l'uovo frullato, Concetta arrivò col bricco fumante del latte e le riempì fino a che il giallo diventò canarino.

I bimbi lasciavano fare e col mento di poco al di sopra delle tazze guardavano fisso la madre. Il piccolo poteva avere sei anni, il grande pochi di più. Avevano teste nere rase di fresco, mosse da piccole ritrose a vortice, il ciuffo davanti, più lungo, era trattenuto da una molletta. Sulle loro camicie rosa, di seta, brillava una catenina d'oro da cui pendevano, in familiare connubio, una medaglietta religiosa e un corno. L'abbigliamento femmineo ne accentuava l'espressione selvatica, scontrosa: guardavano torvi.

– Fabrizio, Totò, mangiate! – gridò la madre come se parlasse da un'enorme distanza e subito dopo, quasi rendendosi conto di pretendere troppo, si mise a frugare in una borsa e rivolta a Concetta:

– Abbiate pazienza... 'u picciriddu il latte nella tazza non lo beve: mettetecelo qui... – disse porgendo un biberon.

– 'U bibbero'?! Così grande?! – si meravigliò la donna. – E tu non ti vergogni? – chiese direttamente al bambino.

– Si vergogna 'u picciriddu, si vergogna... – spiegò la madre con fierezza e con commozione. – Infatti quando c'è qualcuno lo va a bere dietro la porta...

– E iddu? – insisté Concetta indicando col poppatoio in pugno il bimbo più grande. – Perché non mangia? Vuole 'u bibbero' magari iddu?

– Fabrizio, mangia! – intimò ancora la madre

facendo appello ad un'autorità che non possedeva. Il bimbo fece cenno di no e improvvisamente con voce stonata:

– Voglio l'arancino! – dichiarò.

– Ma quale arancino! – scattarono insieme più voci.

– Frittura a capo matinu! – cercò di scherzare qualcuno.

– Danno ci fa... – lamentava la nonna già rassegnata.

– E daccillo a 'u picciriddu! – cedette per primo il colonnello e subito rivolto alla moglie, seccato: – Tu non avevi che fare che tirasti fuori gli arancini?

Vincenzo Adorno, intanto, si faceva la barba. Nella sua giornata è, questo, un momento essenziale. Non avendo egli mai esercitato la propria manualità e non avendone per natura, vi si accinge ogni volta con l'impegno e l'eccitazione di chi vuole dare prova di sé in un campo che non è il proprio. Qualunque sia l'ora del giorno, prima di tutto si spoglia. Si spoglia fino a restare in calzoni e maglia nocciola con scollo allentato; poi, in bagno, ad un chiodo, appende uno specchietto rotondo che riflette appena il naso e la zona di carne all'intorno (anche in bagni dalle pareti di specchio, racconta, si è raso così). «'U bacile!» grida e non c'è lavandino al mondo che lo persuada a fare a meno della catinella. L'afferra dalle mani che gliela porgono e guardandoci fisso dentro per impedire all'acqua di traboccare la posa gravemente sullo sgabello.

Lungi dal considerare le possibilità del rasoio elettrico, polemizza ancora col Gillette in nome del rasoio vero, da barbiere, a coltello: lo affila su un'annerita cinghia di cuoio, che pende e sbatte come una coda dalla maniglia della porta, e lo mostra, reso adunco dall'uso, dichiarandone fieramente l'età. La quantità di sapone e di peli che riesce ad asportare con ogni mossa, cauta e lenta, del rasoio, viene accuratamente applicata su una striscia di carta igienica, preparata apposta sul davanzale della finestra.

Quella mattina, quando la scampanellata fuori ora, e l'abbaiare, e le voci e lo strascicare di valige avevano annunciato l'arrivo dei parenti, l'Adorno aveva appena collocato il frutto della prima rasoiata. Il pensiero d'interrompere, o quello di affrettarsi non lo sfiorò nemmeno: continuò al ritmo di sempre che è il solo che la sua destrezza gli permetta. Dopo una mezz'ora, la striscia di carta era piena di mucchietti di sapone grigiastro di grandezza discendente ma alla stessa distanza uno dall'altro e il viso, raso e chiazzato, già si offriva al ristoro della «pannizza». (La pannizza è, come dalla sua radicale, un panno, di preferenza di lino, di tessuto comunque finissimo e fresco, con cui l'Adorno, sdegnando il contatto comune dell'asciugamano, ama tamponarsi il viso sbarbato di fresco). La pannizza non c'era: una dimenticanza che capita a volte alla moglie o a Concetta e il grido «'A pannizza, cacchio!» basta a farla arrivare di corsa, piegata, ancor calda di ferro, spiegata, a bandiera.

L'impossibilità di lanciare il richiamo e quella di uscire in maglia, così, mise il Prefetto in condizione di rabbia impotente più dell'assenza della pannizza stessa. Suonò il campanello. Nella stanza da pranzo si svolgeva in quel momento la lotta per l'arancino: nessuno sentì. A lui arrivò solo l'abbaiare della «figghia» chiusa in una camera vicina. Suonò ancora, più a lungo. Barbacino scomparve nel corridoio. Tornò quasi subito e rosso, agitato: – Sua Eccellenza vuole la pannizza! – annunciò di sulla porta. Concetta e la Prefettessa, spronandosi a vicenda, si allontanarono in fretta.

– 'A vavva! – disse uno del gruppo illuminandosi non si sa se per aver capito o per l'idea della barba in sé.

– 'Nzino vuole la pannizza! – spiegò il colonnello, eccitato, alla moglie che irresistibilmente attratta dalla colazione dei nipotini, non aveva sentito.

'Nzino, come viene chiamato in famiglia l'Adorno, arrivò poco dopo: la sua voce si era andata ingrossando man mano che si avvicinava nel corridoio.

– ... e doppo che iddi non pensano a niente! – inveiva, unendo nell'ira la moglie e la domestica, nel momento preciso in cui varcava la soglia. Sulle sue gote rase e calate vibrava lo sdegno. Eccitati dalla prova di virilità del parente autorevole, lusingati nella loro abitudine alla pannizza, i parenti uomini risero e ammiccarono scambiando con lui saluti.

– 'A vavva ti facisti?! – chiese uno con gli occhi scintillanti per la propria arguzia.

– Come fu 'u viaggio? – chiedeva intanto il Prefetto abbracciandoli a turno.

– Mìzzica! – gridò il colonnello alzando un braccio dal posto dove restava seduto a causa della gamba ferita. – Nemmeno no' minuto di ritardo!

Arrivato ai bambini l'Adorno si fermò stupito: uno beveva il latte dal biberon col gesto di un muratore che beve dal fiasco, l'altro frugava con un cucchiaio nel cuore sugoso del grosso supplì. – Bì! – esclamò – grandi si fecero!

– Fabrizio volle a forza l'arancino... – cominciò a spiegare la madre.

– E lascialo fare: basta che mangino i picciriddi! – sentenziò l'Adorno interpretando il pensiero di tutti e subito, come per associazione d'idee, – la figghia unn'è?

– Di là... – rispose vagamente Barbacino.

– Di là dove?

– Nello studio...
– Chiusa?
– La chiusi...
– A voi v'aio a chiudere! – tuonò il Prefetto riabbandonando allo sdegno le gote.
– Eccelle'... dava noia ai picciriddi...
– Ma quale noia! Andateci ad aprire, subito!
Slittando nelle deviazioni brusche della sua pazza corsa poco dopo la figlia era lì e si dimenava e guaiva ai piedi del padrone in un eccitato racconto della coda, interrotto ogni tanto per abbaiare agli ospiti rabbiosa.
– E così... Cosimo si marita – fece il colonnello.
– E doppo che si vuole maritare! – rispose 'Nzino.
– Tu qua come ti trovi?
– ... bene...
– Comunisti ce ne sono?
– Poca cosa... qua tutti parrini! – precisò l'Adorno in tono di furba approvazione.
– Tutti parrini?! – ripeté il colonnello e spostata con cautela la gamba ferita, si accomodò meglio sulla sedia.
La giornata precipitò sulle valige disfatte, sui regali estratti lustri e nudi da tante carte, sui commenti, i richiami, gli avvertimenti gridati.
Solo i miei parenti sapevano che la scomunica riguardava anche me e man mano che arrivavano

«Be'?» mi chiedevano al telefono, «Be'?» ripetevano intensamente.

In albergo, dove andavo a trovarli, «Non fare sciocchezze» mi consigliavano a turno. «Ormai stai zitta e sposa...» «... poi vedrai...» e quell'idea del poi accendeva in ognuno un lampo di trionfo, come di chi ha ragione dopo una lunga lite «... poi dovrai scegliere».

La sera, nel grande alloggio denso di respiri, mentre i parenti della Sicilia, dopo una breve lotta coi letti estranei, giacevano sprofondati in un sonno ancora ritmato dal treno, io non riuscivo a dormire.

In una chiesa affollata il vescovo si ergeva muto e mi scacciava col solo gesto del braccio teso.

«Può sposarsi tranquilla... basta che prometta di cambiare idea...» mi assillava la voce di un prete sconosciuto che ero corsa a consultare a Roma.

«Non andrà in vigore subito... forse tra un mese» mi confortava un altro la cui mentalità burocratica applicata alle cose del cielo, mi era sembrata illuminata.

Un chiarore dalla finestra socchiusa evocava in un angolo il bianco del mio vestito da sposa. «Domani avrò gli occhi rossi» pensai ad un tratto e l'immagine di me col viso sfiorito nella notte insonne fugò ogni altra angoscia. L'urgenza di dormire fu la sola a restarmi evidente. Mi alzai per chiudere la finestra: un'occhiata al chiostro bianco di luna chiuso da un giro di finestre buie mi fece compiere il gesto in fretta. Suonai il campanello. Due colpi energici rintronarono presto alla porta e:

– Vossia chiamaste? – Concetta, tetra, chiedeva di su la soglia.

– Sì... non riesco a dormire – dissi sentendomi improvvisamente arrossire – potrei avere un po' di camomilla?

Mi guardò con la stessa espressione di quando aveva detto «Che vuole 'u bibbero' magari iddu?» e se ne andò senza parlare. Tornò poco dopo, mi porse una tazza e si mise ad aspettare, col vassoio in mano, che io bevessi. Il sapore acre della bevanda mi disgustava, inghiottivo a fatica, facendo smorfie ad ogni sorso.

– Turatevi 'u naso – mi consigliò lei brusca ed io, in silenzio, obbedii.

Nella chiesa affollata una voce che partiva dai toni acuti, moriva presto in un rantolo per risalire affannosa ai toni acuti, leggeva gli articoli sul matrimonio: era il parroco grasso che avevo conosciuto a Natale a cui la presenza del vescovo e del Prefetto rendeva l'asma quasi mortale.

In piedi sull'ultimo gradino dell'altare, immobile, nell'estensione della persona austera, il vescovo aspettava. Ad un tratto si mosse, scese, si avvicinò; le rose d'oro della sua pianeta furono ad un palmo da me, vedevo i fili che le intessevano ad uno ad uno e in uno slancio di obbedienza e di perdono «Sì», già le dita tremule di Cosimo annaspavano sulle mie nel tentativo di mettermi la fede.

Il vescovo risalì l'altare e si sedette, con un cenno breve della mano frenò i flashes, i bisbigli dei presenti e tenne come per un filo, a lungo, il silenzio.

– Sposi... cristiani... novelli... – cominciò finalmente e le parole uscivano lente, scandite, immerse in una carica di significato.

Il Prefetto abbassò con modestia le palpebre pese sullo sguardo soddisfatto.

– Quanto parla bene questo vescovo! – fremette la signorina anziana onnipresente ai ricevimenti in prefettura che a forza d'introdursi da un conoscente all'altro era arrivata in una fila di parenti stretti e sconosciuti.

– Chissu longa la fa... – si preoccupava invece il colonnello guardando la propria gamba rigida e la moglie con intenzione.

Il discorso svolgeva i concetti delle tre parole iniziali e il volto del parroco si decongestionava man mano nobilitandosi, al pensiero che fosse un altro a parlare – ... sposi... cristiani... novelli! – concluse il vescovo con misurata esultanza, subito spenta da un rumore di sedie. La messa, con l'approvazione intima del colonnello, si svolse abbastanza veloce. Alla comunione il chierico col piattino dorato andò direttamente alla balaustra senza pensare a noi.

– Pss! – lo richiamò il Prefetto – ... gli sposi si comunicano –. Il chierico tornò indietro.

Nella confusione dei primi abbracci, degli auguri, dei commenti si rialzò acuta, disperata, morente la voce del parroco: appoggiato ad un tavolo vicino alla sacrestia leggeva gli estremi del contratto. Sentii gridare il nome e l'età di Cosimo, seguiti subito dal mio. La mia età coincise, o mi parve, con un tono altissimo, mentre il resto si perse nella ripresa di fiato.

– Bì – mi sussurrò Cosimo, seccato, spingendomi per un gomito verso il registro da firmare – ora, che hai un anno di più, tutti lo sanno!

Il primo ad uscire sulla piazzetta accecante fu l'agente Barbacino. Rafforzato nella convinzione di sembrare un parente dall'abito scuro e dalla cravatta d'argento, sorrise largamente ai curiosi e li invitò, con gesti morbidi, a fare largo. Quando noi arrivammo e sostammo un attimo abbagliati, prima di individuare la macchina sulla quale dovevamo salire, diversi obiettivi ci fissarono pronti, in sua compagnia, convinti di cogliere, insieme a quella degli sposi, l'immagine di un'autorità.

A casa Concetta, che aveva passato quell'ora in una ridda di letti da rifare, logorandosi al pensiero dell'inutile presenza in chiesa di Barbacino, venne ad aprirci la porta: mi chiamò subito «signora» e fu la sola a non sbagliarsi nelle ore che seguirono.

X

Al ritorno dal nostro breve viaggio, in attesa che un provveditore agli studi decidesse della nostra sede assegnandoci l'incarico in una stessa città, ci sistemammo in prefettura. Anche il colonnello, con la famiglia completa di figlia e nipoti, vi restò più di un mese. Fra tanta gente, che riempiva di voci gli intervalli fra i pranzi e le cene, solo l'Adorno rispettava un orario di lavoro. Era pronto la mattina alle nove, traversava col passetto trepido diversi saloni e si trovava in ufficio. Tornava dopo le due quando già il colonnello, abbandonato in una poltrona, scrutava da tempo la pentola, scuotendo freneticamente la gamba sana e dalla cucina Concetta e Barbacino, spinti in quel caso dalla stessa molla, si erano affacciati a turno più volte per chiedere «Sua Eccellenza venne?». «'A posso calare 'a pasta?». La Prefettessa alzava il mento spietata; ma quando sentiva scattare la maniglia del salone più vicino all'alloggio e vedeva Flik partire di corsa «Venne!» diceva e muovendosi verso la cucina chiamava Barbacino.

«Venne?» chiedeva questi, il viso acceso d'intensa speranza, «a possiamo calare?». «Calatela». «Concetta!» gridava l'agente volgendosi verso l'interno. «Calate! Sua Eccellenza venne!». Il colonnello all'annuncio, frenato bruscamente il tremito della gamba sana, si aggrappava ai braccioli come un naufrago, emergeva dalla poltrona e afferrato con un piccolo gemito il giornale già abbandonato, si faceva trovare composto in serena attesa.

Nel pomeriggio l'orario era più elastico: l'Adorno se ne andava verso le quattro, si tratteneva a seconda del lavoro e, appena finito, chiudeva la propria giornata con una passeggiatina sul Corso. Usciva dal portone centrale, col cappello ben calcato e il bastone, traversava guardingo la piazza puntando sulla fontana di mezzo, la raggiungeva provocando un volar di piccioni e da lì, come da una zattera, guardava diffidente il passaggio delle macchine rare, prendendo di mira il marciapiede opposto. Quando metteva piede su quello si sentiva al sicuro, ma doveva subito levarsi il cappello per salutare qualcuno. Lo aveva appena rimesso e doveva rispondere a un altro. La sua passeggiata si svolgeva così, specie di passerella solitaria, con una mano al cappello e l'altra al bastone, dominata dalla preoccupazione di non farsi sfuggire nessuno. Le soste alle vetrine erano le sole pause concesse. Davanti a quelle degli orefici lo tratteneva un amore per le pietre preziose considerate più che per la loro bellezza, simbolo di benessere e di decoro, proprio come il brillante che portava al dito. Davanti a quelle di mobili, lustri, goffi, illeggiadriti nell'intenzione del venditore da dame di gesso, posate sopra come per caso, egli si fermava ad ammirare e a pensare, con tenerezza e con preoccupazione, alla propria stanza da pranzo comprata poco prima di diventare Prefetto, giusto in tempo per imballarla e spedirla a Torino. Lì, appena messa alla luce, l'aveva vista tremare sotto un bombardamento, l'aveva ricoperta e spedita in Sicilia. Lasciata in un magazzino durante l'epopea di Bosco Canniti, là era rimasta ed ora, che, da Prefetto, usufruiva degli alloggi di Stato, avrebbe dovuto aspettare di andare in pensione per recidere la tela di sacco che la fasciava e goderne gli specchi e i cristalli a striscine.

Questi erano i giorni tranquilli.

Più spesso la casa rimandava al mattino soffocati rumori: era l'Adorno che partiva presto, per coprire con calma la distanza che lo separava da una colonia marina, da una manifestazione turistica, da un convegno sul lago.

Ora che la sua fama di «nostro caro Prefetto» aveva varcato le porte chiuse della Democrazia cristiana, il ministro lo convocava spesso. Un colpo di telefono e «Domani a Roma aio a ghire» comunicava a tavola l'Adorno con un piglio severo, teso a evitare domande. «A Roma te ne vai?» esultava il colonnello che era sempre pronto ad andare dovunque, per quanto costringesse poi a interrompere spesso il viaggio per sgranchirsi la gamba impedita.

Erano, quelli col ministro, colloqui brevi, ma intimi, densi di suggerimenti, di linee da seguire in piccoli fatti precisi: il prefetto ne usciva con un'aria compresa, sorniona, che conservava per tutto il viaggio di ritorno.

Quando andava a Roma anche noi eravamo pronti a seguirlo, mentre ci rifiutavamo di farlo se si muoveva per cerimonie ufficiali. Fu così che la prima domenica che l'Adorno ebbe libera ci portò a fare un giro in macchina, con sé.

Camminammo per un pezzo, lentamente, cedendo il passo a chiunque, in silenzio, per una strada scavata fra dirupi crepati, venosi come carne ferita. – Qua l'anno scorso una brutta frana ci fu, – illustrò il Prefetto per rendere varia la gita – una casa intera trascinò con sé –. Case erano quegli ammassi di pietre che solo i rettangoli bui delle piccole finestre distinguevano dalla roccia, più case strette, aggrappate fra loro, un paese: il loro unico segno di vita i petardi che lasciavano esplodere in una notte estiva di festa.

Bruscamente il paesaggio cambiò: eravamo sboccati in un altopiano verde di prati, punteggiato di greggi, di mucche, di case imbiancate.

– Qua le mozzarelle si fanno – disse l'Adorno come a spiegare la differenza di tutto. Alcuni pastori seguirono il passaggio della macchina con un moto lento della testa e occhi vivi in volti fermi, consunti, non privi di nobiltà.

Appena in pianura ci vennero incontro le case di un grosso paese in festa. «III SAGRA DEL COCOMERO» annunziava uno striscione gonfio di vento.

– Bì – fece il Prefetto – torniamo indietro –. Insistei per proseguire e la macchina s'inoltrò, sotto archi di luminara ancora spenti, in un corso affollato. Sui muri, sulle facciate manifestini di tutti i colori inneggiavano W FONTESECCA!, W IL COCOMERO!, W IL PREFETTO!

– Ma allora l'aspettano? – chiesi pentita di avere insistito.

– Se la vedono iddi! – rispose con noncuranza l'Adorno: la certezza che non c'erano autorità e che non si trattava di festa di preti gli dava quella sicurezza sdegnosa.

Nella piazza piramidi di cocomeri chiusi, file di cocomeri aperti, scalette di fette succose su carrettini simili a credenze, facevano impazzire le mosche, le vespe. Anche fra la gente qualcuno mangiava sputando, con slancio, i semi guizzanti. La macchina era quasi ferma fra la folla quando un uomo si avventò al finestrino e infilando dentro quel tanto di testa che poteva:

– Eccellenza! – esultò, – che onore! Venga! Venga!... un momento in Comune, c'è tutta la giunta... pochi minuti... prima che comincino i cori!

La sala del municipio, imbandierata come per la festa nazionale, era gremita di persone in piedi che parlottavano, a gruppi. Qualche vespa, entrata dalle finestre spalancate, ronzava intorno, delusa, prima di rimboccare, spedita, la via della luce. Le mosche si contentavano, insistenti.

Appena varcata la soglia, invece di seguire il sindaco e il Prefetto che attraversavano il centro della sala, voltai da una parte e mi affacciai al primo davanzale, Cosimo si accorse troppo tardi della mossa per potermi seguire: ormai stringeva mani di assessori, di consiglieri, onorato come figlio. Nessuno mi cercò. Alla stessa finestra, gomito a gomito con me, c'era un ometto bruno, minuto, risicato nel volto e nel vestito. Aveva un'aria dimessa e arcigna di contadino e, come me, voltava ostinatamente le spalle alla sala.

– Va bene la sagra, – gli dissi cordialmente – c'è tanta gente!

– Sì, ma la vendita è poca – fu la scoraggiante risposta.

– Fontesecca produce altra frutta? – chiesi con voluto interesse.

Pensò a lungo. – Ciliege – disse – pesche...

– Che cosa ne fate? – Il mio tono si andava man mano adeguando al vademecum dell'attivista.

– Marciscono – rispose fermamente l'ometto.

– Come marciscono? E perché non le vendete all'ingrosso, non le esportate?

– Qua siamo lontani da tutto e i trasporti costano cari.

– Vi ci vorrebbe una fabbrica di marmellata – dissi con semplicità e sicurezza.

– Ci vorrebbe, – ripeté l'uomo spianando per un attimo il viso – ma i soldi non ci sono – e voltate le spalle alla piazza guardò dentro la sala. Mi voltai anch'io: era cominciato in quel momento il rinfresco. Alcuni bevevano e il sindaco giostrava fra la gente con un vassoio di paste.

– Il Comune com'è? – chiesi ancora.

– Democratico; ma il sindaco è fascista.

– E perché lo hanno scelto fascista?

– Perché lui dice che è democratico: invece è fascista, – ripeté l'ometto con odio e con convinzione e avvicinandosi di più a me: – Lo vede? È quello col vassoio che viene verso di noi – continuò senza levargli gli occhi di dosso. – Sapesse quante ne ha fatte! e quante ne fa!...

Il sindaco avanzava sotto il suo sguardo, era, ormai, a pochi passi da noi, terreo, come se sentisse quello che diceva l'assessore comunista; mi offrì una pasta in silenzio, e proseguì prima che il mio compagno potesse servirsi. Ci affacciammo di nuovo alla finestra.

– Potreste farla in cooperativa – ripresi alludendo alla fabbrica. – Non c'è qualche locale che non vi serve?

– ... Il pastificio fallito.

– Ecco, il locale ce l'avete! – dissi soddisfatta come se gliel'avessi procurato io.

– Ma non ci sono i soldi – ripete l'ometto.

In quel momento, fra me e lui, s'insinuò il braccio di una persona in divisa, che afferrò il davanzale: mi voltai di scatto e mi trovai ad un palmo da una bocca piccolissima, impreziosita da un filo di baffetti e protetta da due robuste gote. – Signora, lei si tedia? – mi chiese con quella stessa bocca il capitano dei carabinieri.

– Io? come? – feci scostandomi.

– Si tedia – affermò la bocca e schiudendosi quel poco che poteva in un sorriso suggerì il rimedio. – Se vuole, là, c'è la mia signora.

– Grazie, sto benissimo, – risposi – semmai più tardi –. La bocchina si aprì come per dire qualcosa, si strinse, spari. Rossa d'imbarazzo mi volsi di nuovo al mio compagno.

– ... Non ci sono i soldi – riprese questi come se non avesse sentito o come se, al di là del verbo tediare, fosse quella la sola realtà che gli stesse a cuore.

– Ma se fate la cooperativa i soldi escono fuori – insistei con un principio di fatica.

Ora l'ometto sorrideva e faceva di sì con la testa a qualcuno nella piazza.

– Saluto la mia signora – mi spiegò, evidentemente soddisfatto di esprimersi come il carabiniere.

– Qual è? – domandai incuriosita.

– Quella vicino al banco dei cocomeri –. La piazza brulicava di gente e di cocomeri.

All'interno della sala intanto c'era gran movimento: il Sindaco si dava da fare per allontanare la gente come se si dovesse ballare la quadriglia.

– Se anche si trovassero i soldi – annunciò l'assessore guardandolo implacabile – c'è sempre lui che li mangia –. Nello spazio che si era venuto a creare, grazie all'impegno con cui un semicerchio di persone ne schiacciava altre contro i muri, venne spinto il Prefetto perché parlasse. Per un attimo ebbi paura che non sapesse che dire, che non ci fossero precedenti di cocomeri nella sua carriera... ma già la sua voce calma, fortemente accentata cadeva nel silenzio. Lodava la sagra, il sindaco, la giunta, il paese, il cocomero. E si augurava una sagra sempre più grande, con sempre più cocomeri. Anche l'assessore comunista approvava, insensibilmente, col capo. Concluso il discorso, l'Adorno cominciò a salutare, avviandosi verso l'uscita.

– Andiamo – mi disse passando – ché tardi si è fatto –. Salutai il mio compagno.

Non so, fino a quel momento, con chi aveva creduto che io fossi venuta, certo non col Prefetto, perché ora mi guardava con un'aria sperduta, terreo, a sua volta.

Fuori del portone, sulla scalinata, la gente faceva ressa per vedere il palco dei cori e offriva a noi una parete fitta di spalle attraverso la quale non riuscivamo a passare. Il capitano dei carabinieri decise che era affare suo: ci pregò di seguirlo e si lanciò di fianco sulla folla dei contadini, intimando negli orecchi che si trovava a portata: – Fate passare! Largo! – L'effetto non gli dovette sembrare soddisfacente, perché si mise presto ad accompagnare le parole con colpi di gomito nei polmoni a quelli che gli si paravano davanti. Colpi che, nonostante la sua vezzosa bocchina, dovevano essere robusti, a giudicare dalla prontezza rabbiosa con cui gli si rivoltavano i contadini. Appena vedevano di chi si trattava, i colpiti ricacciavano in gola le parole d'insulto e con occhi sfavillanti di collera ci guardavano passare, frettolosi di richiudersi sulla nostra fila indiana. Il sindaco, che veniva per ultimo, si prese di rimando qualche anonimo colpo, in silenzio anche lui.

XI

Alla fine di settembre, quando le prime piogge sulle colline già presentivano l'inverno, l'Adorno cominciò a parlare di partenza. Da che possedeva Belverde era quello il suo periodo di ferie. Per giustificarsi di abbandonare la provincia quando tutti riprendevano il lavoro: «Ho la proprietà da curare», diceva gravemente «... ho la vendemmia» e inspirava con forza dal naso quantità d'aria che sembrava non riemettere. La sua espressione corrucciata, di piacere, creduta da molti di preoccupazione per la gravità del compito che lo attendeva, aveva finito col farlo considerare davvero un grosso proprietario di terre.

In casa, se accennava al viaggio, lo faceva come se dentro di sé discutesse da tempo con un immaginario nemico. «Io alle cinque sono in macchina» dichiarava in tono di minaccia. «Chi c'è c'è e chi non c'è... lo lasso». E rivolto alla moglie, ma alludendo a Concetta, «Se idda s'ave a fare lo scignò» riprendeva piccato meglio che non si cucca!».[2] Concetta, da anni, si era tagliata i capelli, ma poiché non aveva perso il vizio di farsi aspettare, l'Adorno fingeva di ignorarlo e ogni volta che essa tardava, qualunque fosse il motivo, «e doppo che s'ave a fare lo scignò!» commentava spazientito. «Vossia cu' chissu scignò!» ribatteva lei con un gesto sgraziato, di stizza, che non bastava a nascondere un fondo di lusinga.

La Prefettessa si comportava esattamente come se il marito tacesse e per suo conto si preparava alla partenza incartando. Incartava barattoli vuoti, catinelle, calendari, pezzi di stoffa e li infilava nelle valige. «Perché tre ore ci vogliono fino a Roma, più una se si buca una gomma...» spiegava l'Adorno al suo immaginario interlocutore «... e alla stazione qualche ora prima non ci volete andare?».

Se era a tavola la Prefettessa guardava fissa davanti a sé e incartava mentalmente.

Qualche giorno prima di quello fissato rivelò il pensiero che aveva accompagnato la sua meticolosa fatica.

– Anche voi dovete venire – mi disse prendendomi a sola, lo sguardo luccicante nella consapevolezza di avere infranto la barriera del silenzio e il tono perentorio per il timore d'essere contraddetta.

[2] Corica.

– Volentieri! – risposi, immediatamente affascinata da immagini oleografiche di una Sicilia mai vista.

Quando riferii a Cosimo l'invito:

– Pazza sei?! – mi chiese guardandomi con un disgusto che andava oltre la mia persona. – Qua ho venti stanze al fresco e un bagno per me e dovrei andare a morire di caldo in tre stanze senza bagno?

– Dicci che ora che è sposato deve guardarsi le cose sue... – replicò la madre risentita come se fossi io la sua polemista.

– Ma quali cose mie! – m'investì Cosimo – ... se sono cose mie le vendo e compro la casa a Roma.

– Dicci che i nonni ti vogliono conoscere... – mi suggerì indomita la Prefettessa. Cosimo cedette: sarebbe venuto per pochi giorni, giusto per rivedere i nonni, ma a patto che si lasciasse a casa il cane. La clausola fu dura per l'Adorno, eppure l'accettò senza farne parola.

Sospese, fino al proprio ritorno, la licenza dell'agente Barbacino, che doveva svolgersi contemporaneamente alla sua, e a questi affidò l'incarico di restare con la «figghia» e di provvedere a lei.

– Cento grammi di carne o jonno![3] – gli ripeté fino sul punto di partire – ... e teneteci l'acqua pulita! –

[3] Al giorno.

Quando la macchina era già in moto girando freneticamente la manovella del finestrino: – Badate... – lo minacciò – che se al ritorno non la trovo buona voi non partite!

– Va bene, Eccelle', va bene! – rideva Barbacino, compiacente e bonario all'idea della doppia vacanza.

Appena richiuso il finestrino: – Tanto l'aio pesata – disse più a se stesso che agli altri l'Adorno e distogliendosi a fatica dalla pena del distacco si accinse, come sempre, a controllare la strada. – Gastaldi, qua c'è un camion – comunicò all'autista che si ostinava a trattare da cieco, ignorando che era ormai quasi sordo.

XII

Il treno correva nel buio tra forme sconosciute. Nello scompartimento ermeticamente chiuso l'aria era acre, irrespirabile. Diversi tentativi di aprire il finestrino erano stati volta a volta stroncati dalla Prefettessa finché ella, portandosi una mano al collo e sfidando il figlio con lo sguardo, aveva dichiarato di aver mal di gola e definito la questione così. Insensibile al fatto che nessuno le avesse creduto, anche ora, se nella luce azzurra della lampadina notturna qualcuno smaniava, o semplicemente si muoveva, lei, che sembrava dormire, si portava, pronta, la mano al collo e restava così fino a che si ristabiliva la quiete.

Il mento sul petto e l'espressione severa, l'Adorno sonnecchiava al suo fianco: si ricomponeva ogni tanto con un vibrato sospiro e dava intorno occhiate diffidenti.

Accanto a lui, rigida nell'abito nero, la testa eretta, senza abbandoni, Concetta sembrava restringere la propria persona per non sfiorarlo col braccio.

Ai miei occhi socchiusi si affollavano le immagini di tante ore di viaggio. Ritornava la ribalta ferrigna del camion, la sua targa traballante, che avevamo seguito così a lungo appena partiti. E la smania che mi aveva dato adeguarci, per chilometri, alla andatura goffa e lenta del vecchio autocarro, senza speranza di sorpasso, non essendo questa manovra consentita dal codice stradale dell'Adorno. – Dev'essere tremendo guidare così! – avevo detto, ad un certo punto, all'autista con l'intenzione di stabilire fra me e lui una corrente di proletaria solidarietà. Gastaldi, con un piccolo fremito che avevo creduto di soddisfazione ed era d'imbarazzo, come se avessi messo a nudo un suo vergognoso pensiero, aveva aggiustato sul sedile le sue piccole natiche senza rispondere e l'Adorno, pago d'essere lui a comandare: – Niente ci fa – aveva risposto tranquillo.

Rivedevo Cosimo schiacciato fra me e la madre, immobile e muto, e il lampo di sorriso, subito spento dalla presenza dei suoi in un incupimento del viso e in un moto di fastidio per me, di quando gli avevo detto: – Sembra che tu abbia le manette –, l'arrivo a Roma sotto la pioggia, l'espressione preoccupata, vagamente sconvolta con cui gli Adorno erano scesi di macchina alla stazione.

Avevamo camminato in fretta, fra la gente, in un odore di segatura umida e d'impermeabili bagnati, cercando di non perdere di vista il carrello del facchino, che l'Adorno, trotterellando a riprese, riusciva a seguire da vicino e Concetta al passo, la mano aperta su una valigia in segno impudico di possesso.

– Andate! andate! – ci aveva detto, arresa, la Prefettessa come se volesse spingere noi sulla via di salvezza – io vengo piano.

– Il treno si deve ancora formare – aveva annunciato il facchino scaricando le numerose, modeste valige sulla banchina deserta.

– Buono! – aveva approvato soddisfatto l'Adorno che considerava il massimo della puntualità arrivare prima che il treno esistesse e aspettare un'ora prima che partisse. Ma lo slancio con cui, poco dopo, lui e Concetta, si erano avventati sul treno vuoto, era stato lo stesso che se avessero dovuto approfittare di una sosta di pochi minuti. Si erano aizzati a vicenda, avevano chiamato, imprecato per l'assenza del facchino, proteso mani vuote in un'affannosa richiesta di borse, di valige piccole.

Cosimo, senza muovere un dito, come se si trattasse di estranei, era andato a sedersi, in una ridda di gomiti, di voci, di pesi spostati e quando la madre, affannata e felice, gli s'era seduta davanti: – Ci mancava il cane – aveva detto freddamente alzando appena la testa dal *Mondo*.

La prima luce del mattino filtrava dalle tende abbassate. Una sosta, più lunga, del treno mi aveva svegliata. – È lo stretto – disse l'Adorno alzando appena le palpebre e riabbassandole in una parvenza di sonno. Sollevai un lembo della tenda: in una luce grigia, lungo un marciapiede deserto, un treno stava fermo accanto a noi. Richiusi gli occhi delusa, ma qualcosa mi aveva definitivamente svegliata. Dopo un pezzo il treno si mosse, per poco, poi un urto, delle voci e d'un tratto il suo ritmo cambiò: era fermo e pulsava d'una vibrazione leggera. Eravamo sulla nave-traghetto. Sollevai di nuovo la tenda: a un palmo da me, una parete bianca grondava salmastro.

– Andiamo a vedere – dissi a Cosimo alzandomi.

– Che cosa dovete vedere? – cercò di trattenerci l'Adorno.

– Vento c'è – lamentò la moglie allarmata. Fuori, su un mare di un azzurro mai visto, splendeva l'estate: nell'aria ancora frizzante della prima mattina c'era già una promessa di caldo. La Sicilia era quella curva lunga di monte che affiorava dall'acqua e si avvicinava pian piano. Ai suoi piedi, Messina sgranava lungo la costa le case bianche, come un rosario.

Ora il treno andava a vapore.

– 'U fumo entra – aveva detto la Prefettessa a guardia del finestrino chiuso. Nel caldo soffocante gli

Adorno avevano estratto ingenui, colorati ventagli e li muovevano di lena.

Altissimo e solitario su un orizzonte piano era apparso l'Etna: unica macchia nel cielo terso il fumo che usciva, come rappreso, dalla sua vetta.

– Un bel pennacchio ave! – notò l'Adorno e adagiandosi leggermente all'indietro offrì il collo all'aria del ventaglio. Rocce nere, di lava, s'immergevano in mare con riflessi viola: eravamo arrivati.

Poco dopo, stanchi, congestionati, sbattendoci valige nelle gambe pesanti ci arrampicavamo per le ripide scale della casa dei nonni.

Richiamati dalle voci in cortile i due vecchi ci aspettavano sul pianerottolo:

– Buongiorno! Come state? – chiedemmo ansanti, facendo vibrare la ringhiera, nello sforzo di salire gli ultimi scalini.

– Male! – rispose trionfante la vecchia. Accanto a lei il marito, completamente sordo, sorrideva di gioia, approvando col capo.

XIII

– Male! – ripeté la nonna abbracciandoci a turno e scapeggiando sdegnata. Aveva un viso pallido e fermo, chiuso da una mascella forte, in cui spariva la bocca. Alla sua espressione vagamente arcigna sembrava rimediare il marito che si affacciava su un mondo senza suoni con una maschera arguta, estremamente disposta alla commozione e al sorriso.

La Prefettessa, che aveva messo piede per ultima sul pianerottolo, varcò subito la soglia di casa, e si accasciò su un divano, stremata: da lì, alzando una mano come per benedire, fece cenno di chiudere.

Quando l'affanno le permise di parlare:

– Perché male? Che ti senti? – chiese alla madre, adombrata.

– Vecchi semo! – si schermiva fieramente la nonna, – meglio che moremo!

– Che ti senti? – insisteva la figlia.

– 'U massaro venne – confessò finalmente la vecchia come se si trattasse del sintomo di un male.

– Che portò?

– Fichidinnia! – gemette irritata la nonna.

– E voi facisti come 'u porco! – intervenne allegramente l'Adorno che ben conosceva il baldo appetito della suocera.

– Ma quale! – si difese lei – due n'aio mangiati! Un po' più in là, isolato da ogni discorso, il nonno guardava beato me e Cosimo.

– Così mi vedi, – disse accennando alla propria curva, dimessa persona – ma quando ero giovane centodieci chili pesavo! – mi raccontò con gli occhi leggermente sgranati e allungando le braccia davanti a sé; – avevo una pancia tanta! – sorrise compiaciuto. Rivolgendosi improvvisamente al genero e puntando sulla moglie l'indice teso:

– Idda fece come 'u porco! – accusò felice di provocare risate, che non sospettava dovute alla ripetizione del concetto, – tutti i fichidinnia si mangiao! – In quel momento suonò il campanello.

– Bussarono! – dissero più voci in coro, sospese tra la curiosità e l'allarme.

L'Adorno, che aveva un debole per aprire le porte, sempre inappagato in prefettura, si precipitò nell'ingresso, a gara con Concetta.

Stranamente addolcita da un vestito da casa e dalla mancanza di gioielli, apparve sulla soglia la moglie del colonnello.

– Arrivaste? – chiese frettolosa e per giustificare

l'assenza del marito e la propria fretta: – Tano ave i mastri! – spiegò.

– I mastri? – s'interessò l'Adorno. – Che fece?

– Tingìu tutta casa!

– Tutta 'a tingìu?! – stupì ammirato l'Adorno.

– 'A volete vìdere? venite, venite! – ci spronò convinta d'interpretare un nostro desiderio.

La seguimmo attraverso il pianerottolo nell'appartamento confinante, in cui viveva col marito.

– Iddu non si può muovere – disse sottovoce mentre ci faceva strada attraverso un ingresso dipinto di fresco.

In una grande stanza dalle pareti nude, e i mobili uniti, spalla a spalla, al centro, coperti di cenci e di giornali, due imbianchini davano gli ultimi ritocchi. A breve distanza da loro, in pigiama, seduto su una rigida sedia, il colonnello univa al piacere di vedere altri lavorare la convinzione di svolgere lui stesso un'importante, delicata funzione. – I mastri aio! – ci salutò indicando con la mano loro e se stesso, come per mostrarci l'inscindibilità del rapporto. Si alzò dalla sedia con l'aiuto del bastone, fece sedere la moglie al suo posto e ammiccò ancora, con un occhio strizzato e scuotimenti di testa, alle schiene dei mastri, ricevendo da parte dell'Adorno un cenno di grave, muta approvazione.

Avvicinatosi ad una parete già lucida e asciutta, che accarezzò con circospezione nel dubbio che fosse ancora fresca: – Cementite! – annunziò con fierezza, – lavabile! – e ritenendo insufficiente l'aggettivo a definire la straordinaria proprietà della vernice, – si lava – aggiunse in tono persuasivo.

Ci accompagnò di stanza in stanza, tutte di un identico colore giallino e ora battendo le nocche su una parete, ora appoggiandovisi con la palma aperta: – Cementite anche qui! – faceva notare esultante. – Lavabile: si lava –. Sul «si lava» stringeva con forza il pomo del bastone e si rimetteva in cammino, seguito dalla nostra breve processione.

L'Adorno fu irremovibile nel rifiutare gli inviti.

– Aio che fare – diceva facendosi improvvisamente più serio, una mano alzata a mostrare la palma. – A Belverde devo andare.

A mezzogiorno quello stesso tassì che ci aveva portato a casa dalla stazione, strombettò nel cortile. – Presto! Presto! – ci sollecitò l'Adorno ripreso dal demone della partenza. Salutò sommariamente i presenti e si avviò per le scale. Lo seguimmo voltandoci ogni tanto a fare cenni ai nonni e alla zia (il colonnello aveva ripreso il suo posto di guardia nella stanza dei mastri), che ci guardavano immobili dal pianerottolo. – E tu non mangiare schifìi! – fu l'ultimo addio della Prefettessa alla madre.

Gli abitanti del cortile, i più umili degli inquilini dei nonni, che erano i proprietari del palazzo, mor-

moravano dalle squallide soglie incomprensibili parole di saluto.

Si cominciarono a caricare le valige. Una donnina si avvicinò timidamente. – C'è donna Giacomina – annunciò Concetta con sussiego e benevolenza. Era vecchissima, minuta e dritta, strizzata in un vestito nero, che doveva essere appartenuto ad una persona ancora più piccola, in cui i buchi e le macchie si alternavano alle paillettes. Si fermò davanti a Cosimo e guardandolo rapita: – Si maritao! – disse piangendo. Poi rivolta a me iniziò un discorso in cui ritornava la parola «picciriddu» accompagnata da gesti di amoroso stupore.

Era la vecchia domestica dei nonni: li aveva serviti, salendo ogni giorno fino in cima alle scale e ridiscendendone a sera, per quarant'anni. Ora ne aveva preso il posto la figlia, una cinquantenne tarchiata, robusta, dalla faccia larga e panosa di prostituta, che era arrivata in quel momento trottando e si era messa a far volare le valige.

Concetta la guardava con aperto disgusto, rimandando a fatica il momento di dire: – Ch'è materiale!

Dalle finestre dei piani di sopra, donne in faccende dai visi chiusi e spenti, gettavano senza affacciarsi lunghi avidi sguardi. Man mano che saliva, il palazzo sembrava nobilitarsi: dagli stracci del cortile che non si distinguevano dal grigiomuffa del muro, ai festoni di biancheria che sfioravano l'intonaco cotto di sole dei piani superiori, alla striscia gialla, nuova fiammante, dell'appartamento del colonnello, che contrastava direttamente col cielo, come i suoi lenzuoli candidi e le sue lunghe brache, scalcianti nel vento.

Il tassì lasciò presto dietro di sé le case dalle facciate irte di terrazzini arrugginiti, uno per finestra, appena capaci di contenere, la sera, la sedia di un vecchio che frescheggia sul traffico cittadino, negli ultimi stridii delle rondini.

La campagna alternava larghe zone nere, di lava, a lucidi agrumeti venati di canaletti in rilievo, a vigne, a uliveti: tutto chiuso da muretti dentati di schegge di vetro, da dense barriere di cactus, da fili spinati.

Ogni tanto, sui pioli di mattoni che sostenevano un cancello, due targhe di marmo, una per piolo, annunciavano a caratteri cimiteriali PROPRIETÀ MUSUMECI, PROPRIETÀ MACALUSO. Oppure, sottintendendo il primo termine, una dichiarava ROSARIO e l'altra CAV. CARFÌ, una SALVATORE e l'altra CAV. AMATO.

Aspettavo, con curiosità, di leggere «Vincenzo» «Comm. Adorno» quando il tassì si fermò ai piedi di un viottolo ripido fiancheggiato da mura.

– Suonate – ordinò il Prefetto all'autista. Al richiamo una contadina piccola e grassa apparve in cima alla salita e si precipitò giù rimbalzando, scalza sui sassi.

– Per fare vedere a vossia che non ave i scarpe – sibilò Concetta alla padrona.

– Voscenza benedica! Bacio le mani! – cominciò a cantilenare la donna quando fu a pochi passi.

– Chissa, 'a signorina è? – domandò divorandomi con gli occhi e avutane conferma corse verso di me, curva, come per raccogliere qualcosa ai miei piedi. Afferrò prontamente la mano che io lasciavo pendere lungo il fianco e se la portò alle labbra. Cosimo ritrasse in tempo la sua e le porse, con l'altra, una valigia.

La salita era dura per le nostre gambe appesantite e il sole picchiava a chiodo sulle teste scoperte. Ad un certo punto il muro si rompeva in un cancellino senza targhe, e un corridoio di rampicanti portava a una terrazza di mattoni, alzata come una prora, su una vigna in discesa.

In basso, davanti a noi, il mare, limpido, intenso, con le vele nette. Alle nostre spalle la casa adagiata su un fianco dell'Etna, che continuava a salire, a salire, fino al bianco pennacchio. Feci appena in tempo a guardare che voci eccitate gridarono:

– Entrate! Entrate! Il sole danno vi fa! – e subito dopo: – Chiudete! chiudete! il caldo entra! le mosche! – e mi trovai in una stanza buia, zeppa di mobili, di valige, di corpi. Eravamo a Belverde.

XIV

La stanza mi diventò presto familiare: fra le sue pareti opime di pere e di mele stampate col rullo, Cosimo ed io passavamo giornate gravide di silenzi, in attesa che il sole calasse dietro l'Etna.

Le strisce sottili di luce della cassina[4] calata zebravano una grande credenza e rendevano preziose le mosche che le tagliavano a volo. Sul centro della tavola pendeva un vecchio abatjour dalla frangia di perline tintinnanti, la sera, in presenza di grasse farfalle.

Generazioni di Adorno si affacciavano, in fila, da cornicette di legno con una piccola tettoia. La nonna, grassa e torva, il viso volitivo tagliato da bande di capelli neri, campeggiava su un cartone tortora, firmato da un fotografo.

L'Adorno, in compagnia di altri uomini, tutti in pigiama a righe, un muro per sfondo, guardava, con baffi e occhiaie, il mondo, come da un penitenziario.

[4] Stoìno avvolgibile.

Il nonno, un solitario sorriso da clown fermo tra la paglietta e il pancione arioso, si appoggiava ad un cancello in compagnia di Cosimo dodicenne insaccato in una tenuta che il colore solo rivelava estiva: calzoni lunghi, maniche lunghe, berretto calcato da cui uscivano a stento gli orecchi e gli occhiali.

Fuori il caldo era senza riparo: troppo bassi gli alberi di agrumi per dare ombra, troppo ricchi il gelso e il fico di frutti maturi che si spappolavano in terra in un'orgia di mosche. Solo il grande carrubo, al confine, era in grado di dare un'ombra svariata, leggera, di cui approfittava una selva vigorosa di cactus.

Indifferente all'abbagliante realtà l'Adorno si contentava di un cappello di paglia, il pigiama, un bastone, per percorrere, più volte ogni giorno, il podere. Seguiva un suo itinerario preciso di viottoli, di scalini di lava, di massi aggirati, di balze evitate fermandosi, ogni tanto, a contare col dito e con gli occhi i limoncini zeppi e popputi sulla pianta più ricca, a fiutare i bergamotti odorosi, a seguire, pensoso, il lento brunirsi di una melanzana dalla pelle di seta, gonfia, rotonda, una guancia leggermente affossata, più bianca, a contatto col terreno tiepido.

Sostava, solo con le cicale, in un filare di viti nane, scrutando ora i grappoli neri che toccavano terra, ora il limpido cielo in una preoccupata ricerca di nubi temporalesche; meditava, con tranquilli sbuffi di fumo, su uno zucchino lungo e contorto come un serpe («Per semenza lo tengo!»), ultimo figlio di una pianta esausta.

«Cresceo!» annunziava rientrando nella nostra penombra sulla scia di luce della cassina appena sollevata. Oppure, stringendo il pugno come se contenesse qualcosa di vivo che potesse sfuggirgli: «Datemi un piatto!» ordinava. Dalla mano dischiusa cadevano otto, dieci olive raccolte, faticosamente chino ai piedi di alberi striminziti, unico frutto della primitiva speranza di trasformare Belverde in un bell'uliveto. «Abbeveratizi erano!» racconta ancora oggi indicando gli alberi che ha personalmente piantato e che si sono rifiutati di prosperare sulla sua terra.

La Prefettessa, resa più alacre dalla casa piccola e sua, viveva all'interno. Andava e veniva, con pochi passi, dalla cucina alla stanza da pranzo, alla dispensa, trasportava barattoli, tazze, cestini, spiegava su tutto tovagliolini candidi, coi gesti lenti, compresi di chi ha cura d'altare. Si era attribuita la prerogativa di apparecchiare e sparecchiare la tavola e Concetta, lontana dal contendergliela: «Vossia finiste di consare 'a tavola?» le chiedeva con l'aria di spronarla.

Per suo conto la donna, in rapporto alla quantità di rumori che riusciva a produrre, sembrava avere raddoppiato la propria presenza. La piccola cucina sottolineava ad uno ad uno, con echi sonori di pentole, di testi caduti, di sportelli sbattuti i suoi movimenti sgraziati, che andavano invece perduti nella vastità dell'alloggio. Se il suono che arrivava era secco, di cocci, «Che rompesti?» chiedevano alterati gli Adorno: a Belverde l'amore rendeva drammatico il distacco anche da un bicchiere Cirio.

Ma il rumore che veramente ritmava la vita della casa di campagna era quello dei piedi nudi della contadina sui mattoni della terrazza: i suoi passi, di corsa, morivano alla cisterna e uno sferragliare di catena e di secchio ne prendeva il posto, per poco, ed altri passi più lunghi, più fondi, facevano vibrare il pavimento.

«Cammeledda, me la prendete tanticchia 'e acqua?» chiedeva continuamente Concetta con la gentilezza lapposa di quando mira a risparmiarsi una fatica.

Gli Adorno, porgendo in silenzio i recipienti vuoti, cercavano di averla senza nominarla per non evocare ogni volta davanti al figlio «il piccolo scomodo» della casa amata.

«Acqua!» gridava invece Cosimo, furioso, scuotendo con una mano insaponata un bricco vuoto dalla porta socchiusa del gabinetto: «Acqua!». E il suo grido che suonava accusa, ribellione, pianto, era seguito da uno scalpiccio che non era solo quello dei piedi nudi della massara, ma di più persone, calzate, che si affrettavano al pozzo.

Quando il sole spariva dietro la montagna e le cassine si alzavano come un sipario a lasciare entrare l'aria della sera, le voci e i rumori sembravano spegnersi. Anche noi uscivamo sulla terrazza davanti a un mare che cominciava a sbiadire fra i rami della buganvillea. Le vecchie poltrone di vimini, più volte ritinte con mano inesperta e amorosa dall'Adorno, scricchiolavano sotto il nostro peso, pronte a trattenere con un chiodino, una scheggia, chi avesse cercato di alzarsi.

Dai mattoni saliva alle nostre gambe, e le avvolgeva, un tepore animale, che l'alito fresco del mare abbassava a poco a poco: il profumo dei gelsomini era così netto e preciso, che sembrava di udirlo.

«Fresco fa» diceva la Prefettessa con voce scevra di allarme. «Ci vuole lo scialle» e restava seduta a guardare lontano accendersi le prime lampare. La poltrona dell'Adorno gemeva di soddisfazione.

«Lo scialle ci vuole!» egli ripeteva buttandosi all'indietro per offrire meglio alla brezza il corpo abbandonato nel pigiama alitante. E l'affermazione sulla sua bocca era già tenero ricordo.

XV

In quei giorni cominciarono a Y le agitazioni sulle terre della marchesa. A Belverde i preparativi della vendemmia maturavano la sera in brevi, quasi segreti colloqui fra l'Adorno e il massaro. «P'u jorno uno» aveva stabilito la prima volta il padrone sottovoce e senza specificare; e quando, ogni sera, sentiva il contadino, che tornava da lavorare in un altro fondo, armeggiare alla serratura del cancello, lasciava la poltrona di vimini e gli si affrettava incontro.

– I puntaste? – chiedeva agitato.

– No Eccellenza, domani...

– I puntaste?

– I puntai.

– Quanti?

– Nove.

– Nove p'u jorno uno – aveva riassunto per se stesso l'Adorno scaricando il proprio piacere in una tirata dalla pipa e in un accurato sfruconamento del piccolo braciere.

La sera stessa a cena:

– La vendemmia è p'u jorno uno – annunciò. – Quanti ne puntaste? – chiese la moglie.

– Nove.

– Nove p'u jorno uno – calcolò Concetta e come se riferisse il risultato di un'operazione, – bisogna accattare 'u pesce stocco.

La mattina dell'uno, all'alba, quattro donne vestite di nero, tre ragazzi e due uomini sostavano in gruppo davanti al cancello. L'Adorno, già in piedi, li squadrò da sotto la tesa di paglia, lo sguardo carico nascosto da lenti affumicate. – Vecchie e carusi – commentò, rientrato un attimo in casa, giusto per sfogarsi.

Poco dopo la vendemmia era in corso. Un odore acuto di stoccafisso mescolato a quello del caffè investì i nostri visi assonnati, avvolse i letti disfatti.

In fondo alla vigna si vedeva la sagoma dinoccolata del massaro appoggiata ora ad un albero, ora ad un palo. – Cà – arrivava ogni tanto la sua voce. – Cà –. Ai suoi piedi, inghiottiti dalle foglie, le donne e i ragazzi coglievano l'uva tornando ogni tanto sui grappoli rimasti.

– Perché Pippo non aiuta? – domandai notando che il contadino si limitava a fare cenni con una verghetta senza chinarsi.

– Iddu soprastante è – rispose la Prefettessa convinta e stupita.

Ogni tanto, tra i filari, emergeva un paniere ricolmo, in bilico su una testa, sembrava cercare l'equilibrio, lo trovava e restava fermo così. Accanto, incerto, traballante, ne usciva un altro, un altro ancora. Quando i panieri erano sette, «Jemo!» ordinava il soprastante e la fila dei vendemmiatori si snodava per la vigna. Saliva, scendeva per le asperità del terreno: svelti, festosi i ragazzi, lente e nodose le donne fasciate di nero. Traversava la terrazza in una scia di chicchi spiaccicati, di mosche, di vespe e spariva nella tinaia. Lì lavoravano gli uomini. Sull'uva ammucchiata in terra posavano un cerchio di vimini, ci montavano sopra e camminavano in tondo reggendosi uno alle spalle dell'altro. Sotto le loro scarpe chiodate che percorrevano chilometri su una circonferenza di un paio di metri, l'uva si scioglieva in rivoli di succo e scorreva lungo il pavimento in discesa in una grande buca.

Tutta la stanza, grande, odorosa, semibuia era attraversata da un'enorme leva fatta con un tronco d'albero; un'estremità slanciata verso il soffitto, l'altra ancorata a terra da una grossa pietra. Su questo sfondo da camera delle torture, unica macchia chiara, sedeva l'Adorno: vincendo le vertigini, seguiva, attento, il girare monotono e stretto dei due pestatori, convinto dell'importanza della propria presenza come se fosse questa ad azionarli.

Dalla cucina la voce di Concetta, eccitata dalla straordinarietà del proprio lavoro, dava ordini sempre più scarni: «Carmela, acqua! Non basta! Acqua!» e rivolta a quieti, minuziosi tentativi della Prefettessa di porgere aiuto: «Se vossia non vi levate di doco, io non posso fare niente». Scoperchiava ogni tanto una pentola da convento gorgogliante stoccafisso e gettava nel fumo manciate di uva secca, di patate, di pere.

– Che ora è? – chiese allarmata vedendomi entrare.

– È presto – risposi.

– Presto pe' vossia! ma iddi alle nove vogliono 'o pesce stocco.

– Lo stoccafisso alle nove? – stupii con la bocca che sapeva di caffellatte.

– Agli uomini questo ci aspetta! – troncò Concetta, pensando che io volessi impugnare il diritto dei vendemmiatori ad un piatto così ghiotto.

– E alle donne? – domandai.

– Pane e anciove – rispose e, preso di petto un mucchio di acciughe, cominciò a pulirle.

– Ma se gli uomini sono due perché ne avete fatto tanto?

– Perché noautri lo damo anche alle donne.

– Allora potete lasciar perdere le acciughe.

– Le anciove ce le damo perché ci aspettano – precisò in tono sindacale, – 'u pesce stocco ce lo damo perché ce lo volemo dare.

Consumato il pasto delle nove, i vendemmiatori furono subito ringhiottiti dalle foglie e i pestatori ripresero a girare sotto gli occhi dell'Adorno. Ma il vino e il cibo avendoli liberati dalla soggezione, cominciarono a parlare: uno raccontava nella nuca dell'altro che gli camminava davanti, la storia di un'eredità.

– ... 'u palazzotto lo lasciao a sua mogliera.

– A sua mogliera lo lasciao?

– Sì, ma io causa ci feci.

– ... causa ci facisti? – La presenza del Prefetto a poco a poco veniva ignorata e confusa con quella della leva, dei tini...

Fuori il sole picchiava. Nella fila che attraversava la vigna la distanza fra i ragazzi e le donne aumentava; anche il tempo che questi impiegavano a riempire i panieri era minore e nell'attesa giuocavano fra loro bersagliandosi di chicchi. «Carusi!» gridava ogni tanto il soprastante la cui autorità diminuiva col passare delle ore, «Basta, carusi!».

In cucina ora le pentole erano due: pigiate e in bilico sul fornello a Pibigas sembravano gonfiare la pancia nel tentativo di farsi reciprocamente fuori. In una bolliva, schizzando, il pomodoro per la «sassa», l'altra offriva una superficie ancora liscia di acqua per la pasta. Concetta, lì accanto, friggeva melanzane sul fornello a carbone. Non chiesi che cosa «Ci aspettasse» ai vendemmiatori a mezzogiorno. Qualunque altro piatto che non fosse pasta «c'a sassa» sarebbe stato considerato un torto, un sopruso. Il «secondo» era certamente quel cacio punteggiato di chicchi di pepe che aspettava, già in tocchi, sul marmo del tavolino.

«Sua Eccellenza disse di accattare 'u pisce anche pu' iddi» riferiva in quel momento Carmelina alla Prefettessa che, richiamata dal suono di clacson del pescivendolo, si avviava verso il cancello. China sulla freschezza preziosa, ubriacante delle erbe marine e dei pesci, rivelati da un'umida tela di sacco, la Prefettessa sceglieva. Pesce luna? Capone? Orate. Orate per tutti. Cinque chili per diciotto persone. «Chissu ci mancava!» commentò Concetta guardando quel mucchio di pance da sbuzzare e a Carmelina, che le guardava eccitata, «Acqua!» ordinò.

I vendemmiatori e l'Adorno desinarono prima. «Sua Eccellenza ave che fare» spiegava Concetta servendolo a solo. Quando noi ci sedemmo a tavola, loro avevano già ripreso a girare.

– Quanto può rendere all'anno una vigna così? – domandai alla Prefettessa.

– Quando va bene... – rispose arrossendo – facciamo pari...

– Sennò?

– Sennò ci perdiamo dalle venti alle cinquantamila lire.

– L'anno scorso com'è andata?

– Abbastanza buona: ci abbiamo perso solo ventimila lire.

La sera la vigna era spoglia. L'Adorno frescheggiava in silenzio, pago della prima giornata. L'indomani sarebbero tornati solo i pestatori e avrebbero girato ancora. Poi sarebbe entrata in azione la leva: la pietra si sarebbe sollevata per precipitarsi sui gusci d'uva arrugginiti e spremerli ancora... e finalmente si sarebbe raccolto il mosto dalla buca e versato nei tini contando le salme; «*In nome di Gesù...*» avrebbero cantilenato i pestatori versando la prima quartara «*e di Giuseppe*» «*e di Maria*» «*e compagnia*» «*e cinque avemo!*» «*e sei avemo!*».

A cena, l'Adorno, fissando nel proprio piatto l'acqua della verduredda con lo sguardo perduto di chi contempla il mare:

– A uno d'iddi... ci morse suo padre – cominciò a raccontare, – lasciao la casa alla seconda mogliera... ma iddu causa ci fece...

L'indomani arrivò il telegramma: dato l'intensificarsi delle agitazioni contadine la sua presenza era richiesta immediatamente in sede.

L'Adorno lo lesse e rialzando sulla moglie il volto costernato:

– Servo sugno! – imprecò, – aio a partire subito.

Di fronte a lui, nel cielo, svariava il carrubo, dalla tinaia arrivava lo sciacquio delle prime quartare versate.

XVI

Il cane e l'agente, quasi si fossero reciprocamente assistiti, erano tutti e due ingrassati. La nuova floridezza accentuava in Barbacino l'espressione soddisfatta, moderava nel cane, con pieghe di grasso nella schiena, i contorcimenti espansivi. – E doppo che iddu non la fece jocare con la palla! – brontolò l'Adorno il cui umore era più disposto al rimprovero che all'abituale esaltazione della bellezza della «figghia».

Alla delusione delle vacanze spezzate, della vendemmia non goduta, si era a poco a poco aggiunta e sovrapposta la preoccupazione per la situazione da affrontare.

Gli scioperi continuavano, si erano allargati: erano i primi scioperi «alla rovescia». I contadini avevano invaso le terre incolte, si erano messi a lavorarle ed esigevano di essere pagati. «Così non si dirà che scioperano perché non hanno voglia di lavorare» dissi una volta con quella voce di gola che mi veniva direttamente dagli argomenti politici. «Se la vedono iddi!» aveva risposto l'Adorno indifferente al particolare.

La sua provincia «nera» e mite non gli sembrava più la stessa: in strade di campagna su cui prima ruzzolavano, intatte, le foglie accartocciate, ora ferveva un viavai di macchine, di camionette, di giornalisti, di agenti. Sui muri della città lunghi manifesti fitti di parole, di dati, di cifre, CONTADINI! intimavano, CITTADINI. La gente tirava a diritto lo stesso. Solo un capannello di uomini, quasi sempre gli stessi, faceva ala all'attacchino che, spiegato con rumore secco l'ultimo manifesto, lo spennellava sul muro e ve lo lasciava piangente e costretto. Anch'io mi fermavo a leggere, sospesa fra l'entusiasmo e lo sdegno, fino a quando non avessi perfettamente capito da che parte veniva il manifesto.

I preti sembravano spariti.

Furono giorni duri per l'Adorno: a casa, la pasta non aveva più ora per essere calata e il telefono squillava anche nei pochi minuti che egli impiegava per buttar giù un boccone. Mangiava «vestito» e la pipa non faceva a tempo a raccogliersi tiepida nella sua mano che già la doveva posare.

«Se non era pu' iddi...» diceva spesso alludendo a Cosimo ed a me, che avevamo proprio allora ricevuto e benignamente accettato l'incarico per l'insegnamento a Y e l'invito a restare in prefettura, «... avevo già chiesto il trasferimento».

Il fiato che impiegava nelle riunioni per convincere i rappresentanti dei contadini, si rivelava altrettanto sprecato di quello con cui si rivolgeva ai padroni.

Abituata a vivere tranquilla senza che diecimila ettari dei suoi poveri mariti venissero coltivati, la marchesa si rifiutava fermamente di pagare i lavori eseguiti.

Pur non comprendendo come si potesse trattare la propria terra così, l'Adorno considerava lei dalla parte della legge e rivolto ai sindacalisti riuniti: «Se un sarto» diceva persuasivo «ave le mie misure e mi confeziona un vestito che non ho ordinato, io che ci dico? Be', ci posso dire...» concedeva, bonario nella luminosità del proprio apologo «per questa volta lo prendo. Ma se questo dopo una settimana me ne porta un altro, e un altro ancora? Ah, no! ci dico, io non ve li ho ordinati, non li voglio, non ve li posso pagare...».

Sua unica soddisfazione in quei giorni fu un articolo apparso sull'*Unità*, in cui si parlava di lui come di *un grosso agrario siciliano*. Portò il giornale a casa e battendo la palma sulla colonna che cercava d'incriminarlo: «Ah! bello fosse!» esclamava ogni tanto. Abbandonato a immagini di sé *grosso proprietario di terre* pensò, forse per la prima volta, alla propria come ad una finta vendemmia. E riflettendo sull'acume del giornalista «Bedda matre!» lamentava scuotendo la testa «se ero un grosso agrario cà me ne stavo? a fare 'u sevvo?!».

I sindacati chiesero l'immediata attuazione della riforma agraria. Il governo temporeggiava.

«Se un sarto» ripeteva l'Adorno come se fosse quella la chiave di tutto «ave le mie misure...».

Quasi fidasse anche lui nell'apologo del sarto, il ministro telefonava tutte le sere. Ma un giorno la città si svegliò coperta di manifesti a lutto: durante un comizio un proiettile sconosciuto aveva ucciso un uomo. Un diseredato, un sotto-proletario, i cui problemi non avevano appartenuto a nessuno. IL COMPAGNO, IL CADUTO, IL CAMERATA, IL FRATELLO: lo celebravano tutti ora. I democristiani accusavano i comunisti, i comunisti accusarono prima la polizia e poi i fascisti, i fascisti i comunisti.

– È stata la polizia – dichiarai a tavola, con la sicurezza con cui si comunica il risultato di una inchiesta.

– Ma quale! – rispose l'Adorno. – La polizia ave altri proiettili. Eppoi non ha sparato.

– Allora – insistei con logica serrata – se era un comunista, sono stati i democristiani.

– Non era comunista – mi spiegava l'Adorno cercando anche lui di capire, quando, semi-strozzata e sconvolta:

– I cristiani non ammazzano! – aveva esclamato la Prefettessa, guardandomi come se fosse stata improvvisamente folgorata sulla mia identità politica.

Il proiettile restò sconosciuto, ma il governo improvvisamente cedette. Le terre sarebbero state immediatamente espropriate, un ente, apposta costituito, avrebbe provveduto a spartirle.

L'Adorno fu il primo a restarne stupito e toccò a lui emanare il decreto.

La sera, mentre nei paesi in festa l'entusiasmo muoveva mani sconosciute a scrivere sui muri W IL PREFETTO col carbone, col gesso, l'Adorno, di nuovo vestito da casa, con la cravatta floscia, a fiocco, rompeva con circospezione il guscio dell'uovo a «bagnarepane» e guardandoci fisso dentro:

«Un povero cristiano» sospirava, fondendo in se stesso i due mariti della marchesa e i loro beni, «ave un pezzo di terra... e chissi ce la levano!».

L'amore e la preoccupazione ingigantivano di nuovo ai suoi occhi l'ettaro sull'Etna.

XVII

Nel recupero di minuti essenziali piaceri, già smarriti col ritmo delle proprie abitudini casalinghe, l'Adorno spense a poco a poco il pensiero che la fine dello sciopero coincideva con una vittoria della «mala pianta» e la pace tornò nell'alloggio.

La figlia tornò ad essere «'a bedda», la pasta scolata al punto giusto, e Barbacino partì per la licenza. Uscì di casa una mattina, con la solita grossa valigia, e gli agenti di guardia al portone, convinti che andasse a fare la spesa, non si spiegarono il suo largo sorriso e lo scappellarsi insistente.

Al suo posto, nell'alloggio, rimase l'agente Izzo, lo stesso che veniva ad aiutare nei ricevimenti ufficiali. Era stato determinante il fatto che fosse già conosciuto dal cane. Per il resto l'Adorno non lo avrebbe voluto: quel suo volto mangiato dal nero delle basette, delle sopracciglia e dei baffi, il suo silenzio, il suo servizio lento e composto, uniti alla fama di essere stato col duca d'Aosta, gli davano un certo imbarazzo. Eppure, ad occhi più scaltri dei suoi, il modo con cui i suoi pollici guantati si aggrappavano ai vassoi, la sua stessa cautelata lentezza, avrebbero rivelato che il suo servire era recente.

In realtà l'agente Izzo aveva partecipato alla storia. Era stato tra i pochi che avevano accompagnato a Ponza Mussolini in catene. Al momento di scendere dal battello Izzo aveva fatto la mossa di aiutarlo, ma il Duce con uno scarto lo aveva evitato, trafiggendolo con lo sguardo. «Questo mi rovina!» aveva pensato l'agente sentendosi piegare.

Mandato, anni prima, con altri poliziotti fra i feriti di un ospedale dove Mussolini andava a distribuire orologi, Izzo, in tenuta da degente, si era mescolato, a mano tesa, ai convalescenti pallidi. Arrivato a lui Mussolini lo aveva saltato. Credendo ad una svista Izzo era corso al piano di sopra a mettersi in fila con gli altri. Mussolini lo saltò ancora. «L'aveva capito che non ero un ferito!» raccontava ancora stupito a prova dei poteri paranaturali del capo.

Il suo viso di questurino era bastato da solo, in regime fascista, a perdere un uomo. Al giardino zoologico, davanti alla gabbia dei leoni, dove si trovava per svago, Izzo aveva fermato gli occhi su un visitatore solitario. Ritrovandolo, poco dopo, davanti alla gabbia delle scimmie lo aveva guardato ancora: lo vide smarrirsi e fuggire.

Stuzzicato nella sua qualità di poliziotto, lo aveva rincorso. Credeva che fosse «un comune» e si era trovato fra le mani «un politico». «Un politico!...» affermava con gli occhi sgranati di costernazione come se la jettatura fosse stata solo sua. Perché lui lo sapeva che dai politici di allora potevano uscire i capi di oggi, e per questo, sosteneva con una mano sul cuore, come se qualcuno potesse mettere in dubbio la nobiltà del suo sentire, aveva fatto sempre differenza fra loro e i comuni.

Una differenza di paura più che di rispetto che gli era stata confermata nei giorni immediatamente dopo il 25 luglio, quando, nella folla della stazione di Milano, i suoi occhi si erano incontrati ancora con quelli del «politico» appena liberato. Questa volta era stato Izzo a distoglierli e ad allontanarsi in fretta e il politico a rincorrerlo.

«Una paura!» confessava con abbandono, sentendosi giustificato dalla gravità del pericolo anche quando doveva aggiungere che il prigioniero lo aveva raggiunto e, in un bisogno effuso di gioia e di perdono, lo aveva abbracciato e portato di peso a cena a casa sua. «Tu non hai colpa: anche tu eri schiavo!» gli aveva ripetuto più volte il politico per metterlo a suo agio. «Ora questo mi avvelena!» aveva pensato invece Izzo tutta la sera agghiacciato e costretto a inghiottire dalle premure.

La volta che si era trovato, vestito da cameriere, ad un ricevimento della giovane Repubblica, aveva capito che servendo così rischiava di meno e, a poco a poco, in quei guanti di filo e in quella giacca di tela, che aveva chiesto d'indossare sempre più spesso, aveva spento la propria paura e la propria carriera.

Fino dai primi giorni che passò nell'alloggio, la sua quieta presenza ebbe l'insospettato potere di incidere sul linguaggio. «Izzo se non vi dispiacete...» gli si rivolgeva compunta Concetta. «Izzo lassate perdere, non è cosa per voi...» e ogni volta che poteva «... perché iddu 'u suo lavoro lo face» sottolineava ai padroni, alludendo, torva, all'assente.

L'Adorno, che in famiglia amava cogliere a volo le occasioni di cui potersi dolere, «Ditemi, è bella la moglie del macellaio?» soleva chiedere a Barbacino, «sennò non mi spiego come vi faceste dare questa carne!». E quando il guscio cocciato dell'uovo a «bagnarepane» rigurgitava chiaro ancora crudo o offriva la resistenza callosa di un chiaro completamente sodo, «... e doppo che non sanno fare niente!» imprecava, «... che accattano uova vecchie!» sterzava subito su Barbacino per evitare le piccate risposte di Concetta.

Ora che la carne comprata da Izzo non era più tenera di quella di sempre e le sue uova forse meno fresche, avrebbe voluto continuare a dolersi... invece, fin dalla prima volta, alzata la testa dal piatto su cui giaceva, ritorta, una cotoletta, «Bene fece Ciccio Amato!» aveva detto soltanto.

Ciccio Amato, alto funzionario al Tesoro, era il solo, fra i vecchi compagni di scuola dell'Adorno che non si fosse sposato. Per questo il suo nome veniva ogni tanto invocato, simbolo di scelta illuminata, nei piccoli incidenti di ménage. «Bene fece Ciccio Amato che non si maritao!» lamentava l'Adorno in tono da cantore di gesta o, se aveva fretta, «Ciccio Amato!» si allontanava invocando.

I giorni di Izzo, che del cameriere aveva la perfetta apparenza, ma non l'elasticità, la smagata prontezza che salvavano il servizio di Barbacino, furono anche i giorni di Ciccio Amato. E non furono fausti, nemmeno sotto altri aspetti.

XVIII

Alla prima strinata di freddo Cosimo si ammalò. Una qualunque influenza che non gli impedì di giacere, fermo come un morto, le coperte tirate dalla punta dei piedi all'orlo del naso uncinato dal solco degli occhiali. «Perché non leggi? perché non fai qualcosa?» gli dicevo. Mi rispondeva un gemito di riprovazione appena soffocato dalle coltri.

Questa che io credetti allora una sua stranezza, è invece il comportamento comune agli Adorno ammalati. Niente si deve fare per distrarsi dal male, niente per ingannarlo, e non per un bisogno di ascesi, ma nella ferma convinzione che a stare fermi, la bocca e le braccia coperte, a non «sventoliarsi», il male se ne vada prima.

Un Adorno ammalato non parla, geme, di preferenza dopo avere controllato sul termometro un minimo rialzo di febbre.

Non ha bisogno di leggere, «... aio che pensare!», rifiuta infastidito, la sua mente essendo continuamente occupata a cogliere un dolore, un rantolo, una fitta e a rispondere, dentro di sé, a quell'«unne lo pigliasti?» con cui lo martella chi lo assiste. Se poi la malattia dura un giorno di più, un dubbio si allarga in certezza: «Qualcuno me la jettao!» e nella ricerca appassionata di «chi», in genere, un Adorno entra in convalescenza.

Ma il lato più straordinario del contegno di Cosimo, allora, fu l'improvviso, totale abbandono ai voleri della madre.

Alla parola febbre la Prefettessa era apparsa con un grosso barattolo di vetro da cui pescava, con un cucchiaio, rozze pasticche di sulfamidico, dono di un medico provinciale, all'indomani dello sbarco alleato.

Cosimo le inghiottiva. Quando venne il dottore e disse che no, i sulfamidici non occorrevano, che bastava un po' d'aspirina, la Prefettessa lo ringraziò sollevata, lo accompagnò alla porta di camera, per timore che aprendola da solo facesse vento al malato, e allo scadere delle tre ore si ripresentò col barattolo. Cosimo riprese a inghiottire. All'ora dei pasti si intesseva, fra il figlio e la madre, una rispondenza di gesti così misurati, previsti, intuiti, quali raramente se ne vede, alla messa, fra sacerdote e ministro: Cosimo si sedeva sul letto, la testa abbassata in meditazione, e offriva la schiena dolce, rotonda all'abbraccio della giacca da casa che la madre teneva già pronta, sollevata e distesa, a un palmo da lui. Restava fermo così, lo sguardo alle proprie ginocchia sotto le coperte, finché gliele nascondeva il vassoio. Mangiava in silenzio, muovendo le mani con circospezione. E quando il vassoio, svuotato, spariva, tremula una catinella ne prendeva il posto: Cosimo saggiava con un dito il tepore dell'acqua e allungava nel vuoto una mano, su cui la madre posava il sapone. Quando voleva restituirlo, sempre senza guardare, rialzava il braccio e trovava la mano della madre ferma al punto giusto.

Il primo giorno avevo creduto che fosse compito mio tutto questo e mi ero mossa, sotto gli occhi trepidi della Prefettessa, o troppo svelta o troppo piano, avevo invertito l'ordine delle cose da porgere, commentato da sola e chiuso il rito col posare sul letto l'asciugamano.

– Umido ci fai! – aveva gridato lei non resistendo a tanta imprudenza, se per bocciarmi non le era già bastato lo slancio con cui ogni tanto mi buttavo sulla mia parte di letto, provocando in Cosimo il gemito di chi ha una gamba spezzata.

Il terzo giorno, liberato cautamente il mento dal lenzuolo, Cosimo cominciò a parlare.

– Mi viene a ittare – disse guardandomi con la bocca strizzata e il viso arricciato in un'espressione di disgusto.

– Ti viene che?

– A ittare – ripeté infastidito di non essere capito, preferendo volgere il capo a cercare la madre, che spiegarsi altrimenti.

– Niente ci fa – lo tranquillizzò lei, – sono i sulfamidici –. E da allora cominciò a diradarglieli.

Ogni mattina, prima di avviarsi in ufficio attraverso i saloni, l'Adorno si affacciava in camera:

– Febbre n'ave? – chiedeva a me o alla moglie, riconoscendo comunque nel figlio l'impossibilità di parlare.

Una volta arrivò completamente vestito per uscire:

– Aiutami a mettere la fascia – disse alla moglie porgendole una sciarpa.

– Dove va con questo freddo? – domandai.

– Alla pineta me ne vado... – rispose con rassegnata ironia: – ... è la festa dell'albero – e la parola albero morì nella seconda spira della sciarpa che la moglie gli aveva avvolto intorno al collo. Guardando nello specchio la propria figura infagottata: – Servo sugno! – lamentò bonariamente, scuotendo la testa, – servo! – e si allontanò per il corridoio.

Lo riportarono a casa a braccia.

Salito in macchina, a passo d'uomo, per la strada ripida della pineta fra schiere di ragazzi delle scuole, si era fermato sulla spianata, aveva visto piantare alberini, ne aveva piantato uno anche lui, e muovendosi, impacciato dalla sciarpa e accecato dalla tramontana, aveva poggiato il piccolo piede doglioso su un solco fresco, appena accennato: la terra aveva ceduto e lui si era trovato una caviglia slogata.

La scampanellata, le voci alterate, il guaire del cane ci fecero correre tutti alla porta: preceduto dal questore e sostenuto da due guardie in divisa, il mento ancora impigliato nella sciarpa, l'Adorno avanzava su un piede solo, il volto contratto non si sa se più per il dolore o per lo sforzo di non imprecare. A un passo di distanza dal gruppo, con un viso funereo, di circostanza, l'autista Gastaldi portava, dritto come un cero, un piccolo abete, simbolico dono al Prefetto.

Finalmente libero dalla presenza di estranei, sprofondato in una poltrona, il piede appoggiato su un panchetto: – Iddu ce la jettao! – spiegò, cupo, l'Adorno, indicando col capo la porta da cui Izzo era appena uscito.

XIX

Nei giorni che passò col piede a riposo il Prefetto sbrigava il suo lavoro lo stesso: scorreva la posta, leggeva e firmava i pacchetti di fogli che gli portavano dall'ufficio, riceveva le visite e raccontava ad ognuno, con imparziale minuzia di particolari, la storia della sua slogatura.

Venne il parroco grasso, il rettore dei salesiani, vennero il sindaco, il questore, il presidente della Camera di commercio, venne anche, inatteso, «l'onorevole bocciato». Era, questi, un giovane fine, biondo, dagli occhi socchiusi in un viso un po' bolso, che allo sforzo di emulare le glorie professionali del padre, aveva preferito sfruttarne il nome per infilarsi nei primi ranghi del partito di maggioranza. Era stato bocciato alle ultime elezioni, per pochissimi voti: sarebbe entrato senz'altro alle prossime, a meno che non fosse morto prima qualcuno di quelli che lo avevano preceduto. «Il primo che muore... io entro» si diceva egli solesse spiegare agli amici.

Arrivò dal Prefetto e, ascoltata con pacato interesse la storia del piede, scoprì il motivo della sua visita: ecco... risultava al partito che il capo di gabinetto di Sua Eccellenza non era un elemento fidato, politicamente, s'intende... infatti era in rapporti di stretta amicizia con un deputato socialdemocratico («passeggiavano insieme perfino nei giorni dello sciopero!») ... insomma se Sua Eccellenza credeva... sarebbe stato opportuno sostituirlo.

«Non basta 'u piede, la vendemmia, chiddu che me la jetta...» pensava l'Adorno dimenandosi sulla poltrona quel tanto che glielo permetteva la gamba ancorata al panchetto «ora chissu figlio 'e bona madre che non ave che fare... e va a vedere cu' chi passeggia 'u capo 'e gabinetto».

– Veramente il suo mestiere lo sa... – rispose frenando la collera in un'inspirazione lunga e profonda – ... è un ottimo funzionario... – e cominciando a riemettere il fiato – ... vedrò di metterlo sull'avviso... – concluse sostenuto.

Appena l'onorevole mancato fu uscito:

– Ah! ma io lo lasso cantare! – sbottò trionfante d'infischiarsi finalmente di qualcuno.

Fu il suo primo errore di valutazione di forza. Venti giorni dopo il suo capo di gabinetto veniva trasferito «per servizio» in una sede fra le più disagiate.

L'Adorno incassò il colpo senza parlare. Solo a casa, raccontandolo a noi, «Povero cristiano» commentò «gli hanno dato 'u malo Natale» e dal modo con cui fissava, al di là dei vetri appannati, il cielo a neve di fine dicembre, non si sarebbe detto che per lui il Natale era sempre stato un giorno qualunque.

Il primo a essere preso in esame, come nuovo capo di gabinetto, fu il più anziano in carriera.

– Chi? Il dottor Motta? – domandò Barbacino che nei giorni passati a casa aveva perso il suo aspetto di professionista avviato per riprendere quello di contadino, – Eccelle', stia attento... quello è 'nguaiato!

– 'Nguaiato? – s'interessò l'Adorno.

– Ce lo dico io: con le donne. Ne ha messa incinta una...

Caduta la candidatura del Motta, fu presa in considerazione quella del più bravo, del più preparato.

– Il dottor Pozzi? Quello testa ce n'ha – approvò Barbacino – eppure...

– Eppure? – incalzò l'Adorno, sospeso.

– ... anche di lui vogliono dire...

– Che dicono?

– ... che è comunista!

– Ma quale comunista! – respirò il Prefetto.

– Non sarà vero, Eccelle', ma lo dicono – insisté piccato Barbacino.

L'Adorno continuò a mangiare assorto.

– Ma siete proprio sicuro che lo dicono? – domandò quando ormai l'argomento sembrava dimenticato. Il solo fatto che si poté provare fu che il dottor Pozzi era abbonato a *Rinascita* («Come infatti la dirige Palmiro Togliatti» testimoniò Barbacino), ma alla rinnovata prudenza del Prefetto bastò per metterne da parte la candidatura.

Qualche giorno dopo:

– Aio nominato 'u capo 'e gabinetto – annunciò.

– L'ha nominato? – si meravigliò Barbacino come se ritenesse impossibile non essere stato prima consultato.

– Sì: Moscuzza! – precisò l'Adorno, evidentemente soddisfatto della propria scelta.

– Ah! ... Moscuzza... – ripeté a se stesso Barbacino, desolato di non avere niente da riferire su quel funzionario arrivato da poco.

Fu questione di giorni e quando già l'agente era in grado di dire «Eccelle', quello gioca...» arrivò la lettera anonima. Il dottor Moscuzza era accusato di contrarre e non pagare debiti di gioco.

– Qua li volevo! – esclamò l'Adorno battendo la mano aperta sulla tavola. – Possono dire quello che vogliono! Mi sono informato: Moscuzza al suo paese è da tre anni segretario della Democrazia cristiana. Se va bene pu' iddi, va bene anche pu' mia!

E Moscuzza rimase.

Ormai, per l'Adorno, il problema non era più di crearsi una fama di democristiano, ma di arginare le richieste, le raccomandazioni, le pretese dei democristiani che alla sua fama avevano creduto.

Fin dove poteva conciliava, cedeva, un po' per natura, un po' nel tentativo di non crearsi nemici.

Ma che fare quando due ministri dello stesso partito gli chiedevano di far mettere ognuno un proprio nipote nell'unico posto di consigliere di amministrazione in una banca?

Era meglio scegliere qual era meno pericoloso avere per nemico o, in un'estrema ricerca di legalità, fare nominare il nipote che aveva più titoli?

L'Adorno, dopo lunga incertezza, aveva introdotto il raccomandato del ministro più temuto.

E chi gli avrebbe detto che l'altro, poco dopo, gli avrebbe chiesto un piacere anche più delicato?

«Se l'avessi saputo... avrei messo 'u suo di nipote alla banca...» si diceva angustiato.

Ma questo che ora gli si chiedeva, di prendere un segretario comunale, che faceva il suo dovere, e riusciva a vivere con lo stipendio proprio perché lì, al paese, aveva «'a casa 'e sua mogliera», e di trasferirlo, in modo da liberare il posto per una persona al ministro più gradita, questo no, non lo poteva fare. Senza contare che il trasferimento «per servizio» sottintendeva un giudizio negativo, in contrasto col rendimento di quell'impiegato e tale da rovinargli la carriera.

Questo l'Adorno scrisse tormentosamente al ministro: lui, in coscienza, non si sentiva di farlo, eppoi c'era la legge, che lì riportava, a proibirlo.

«Dopo tutto» si disse, per farsi coraggio, chiudendo la busta «non è 'u mio ministro», e la spedì.

E che dire di quel vecchio onorevole di cui egli aveva potuto più volte soddisfare le richieste, invero discrete, e che una volta arrivato a dimostrargli una gratitudine vera era morto, riuscendo con quel solo gesto a privare lui di un appoggio e a permettere all'«onorevole bocciato» di entrare alla Camera proprio nel modo sognato?

(«Bedda matre, non aveva che fare, chissu, che morire?»).

E i preti? e le suore? «Non basta che uno va alla messa, al teatrino, in processione... chiedono anche continuamente sussidi...».

E una volta ottenuto il sussidio, per sdebitarsi, lo invitavano ancora al teatrino, in processione.

Ecco, se non fosse stato per quelle camminate, su e giù per le ripide strade della vecchia città, col passetto adeguato all'andatura del Santo, alle sue brusche fermate e agli improvvisi avvii, con la banda che lo seguiva di un metro e gli rintronava il cervello, i preti sarebbero stati ancora i suoi preferiti. Loro, più che soldi non chiedevano, e «i parrini, si sa», compativa «hanno sempre campato con la sacchetta degli altri».

XX

In un pomeriggio di festa, fra gli spari di una processione e il ticchettio solitario di una macchina da scrivere, in prefettura, nella camera degli ospiti, nacque mia figlia.

La vita dell'alloggio si concentrò immediatamente in quell'unica stanza in cui io giacevo fra lenzuoli per l'occasione trinati. L'Adorno, entrato fra i primi trotterellando al fianco di Cosimo, si era seduto vicino alla culla, le braccia conserte sul bordo, ed era rimasto affacciato a guardarci dentro, come da un davanzale.

Cosimo, cui la presenza dei suoi impediva di saziare la propria curiosità, andava e veniva dalla stanza, testa eretta e passo deciso, e dava alla culla brevi sguardi di scancìo.

La Prefettessa, muovendosi lentamente dal tavolino al canterale, preparava, secondo un suo meditato ordine di asciuttezza e morbidezza, pile di pannolini per il cambio, metteva, cauta, in equilibrio fiaschi tiepidi e nudi su ciambelle di cencio.

Alzando per la prima volta dalla culla un volto illuminato:

– Ave 'a nascaredda napoletana! – aveva dichiarato l'Adorno; e la moglie in un ingorgo di commozione aveva fatto cenno di sì.

Mi fu spiegato che «nascaredda» significa «nasino», che «napoletano» significa «napoletano!» il che non bastò a chiarirmi le ragioni di tanta esultanza.

Né tantomeno vi avrebbe contribuito, in seguito, scoprire che l'Adorno riconosceva la «nascaredda» nel figlio di una nipote, in quello di un impiegato, nel mio secondo bambino, in ogni neonato, sempre con una sorta di compiaciuto stupore.

Poi era rimasto chino a scrutare la bambina e se qualcuno parlava – Sstt! – si rialzava con aria offesa, – a picciridda domme!

– Se questa apriva gli occhi, – Talìa![5] – esultava – talìa! – e subito dopo: – Ave due occhi che sono due stelle! – Al suono familiare di quelle parole normalmente rivolte a lei, Flik, accucciata ai suoi piedi, il muso allungato sul pavimento, come mortificata e costretta dalla nuova atmosfera dell'ambiente, muoveva soltanto la coda.

Ognuno la lodava, sottovoce, per questo, riconoscendole rare capacità di comprensione.

[5] Guarda.

Se la bimba starnutiva o piangeva, attività per le quali si rivelò subito molto versata: – Bì, stranutao? – diceva a testa ritta l'Adorno, cercando la moglie con lo sguardo allarmato.

– Stranutao?! – e già la gioia sul viso della Prefettessa si spegneva in preoccupazione.

– Piange! 'a picciridda piange! – gridava invece il Prefetto alzandosi bruscamente dalla sedia quando già la voce della bimba era arrivata a tutti.

– Pigliatela! – ordinava come se si trattasse di salvarla dalle fiamme e lui fosse monco – pigliatela!

– Lasciatela stare! – intervenivo io, forte del parere di un libretto sull'allevamento del bambino che tenevo fisso sul comodino come un vangelo.

– Allora cantateci! – ripiegava l'Adorno e siccome nessuno era abbastanza pronto nell'obbedirgli, – Concetta cantateci voi! – aveva ordinato la prima volta.

Concetta, il cui contegno intimidito e geloso ricordava stranamente quello della Flik, si era subito seduta al posto del Prefetto, aveva abbracciato la culla e calata la testa a un palmo da quella della bambina aveva cominciato a cantilenare a bocca chiusa qualcosa tra la nenia e l'ululato, senza aria né parole, che l'aveva subito fatta risprofondare nel sonno.

Da quel momento la sua presenza era invocata vicino alla culla ogni volta che la bimba piangeva. – Vuole a Concetta – spiegava l'Adorno ritirando il proprio volto, come un sole che tramonta, dall'orizzonte della neonata. Così la vecchia domestica superava il temuto avvento rafforzando nel cuore del padrone quella posizione che aveva creduto di perdere.

Anche l'agente Barbacino venne nella stanza a congratularsi: aveva ripreso, con l'allontanarsi nel tempo della sua visita a casa, la maschera di distinzione e ora a vederlo con gli occhiali, i baffi, il sorriso cordiale e la borsa di cuoio sotto il braccio, chiunque lo avrebbe creduto il dottore. – Stessero attenti – disse, vedendo che io mi accingevo a bere la prima tazza di brodo, mosso anche lui dal desiderio di rendersi utile per sentirsi considerato – di non dare al cane gli avanzi della signora, perché sennò il latte va via alla signora e viene al cane.

In quel momento, dalla porta socchiusa, arrivò il suono del campanello di fuori: balzando da sotto la culla con un ringhio da animale aggredito la Flik schizzò nel corridoio e continuò ad abbaiare, perduta, come se avesse ritrovato se stessa nel proprio limite ad ogni intuizione.

– Barbacino fatela stare zitta! – gridò infuriato l'Adorno spaventando più lui la bambina che non l'urlo del cane.

Investito dell'incarico più delicato che avesse mai avuto, Barbacino non trovò né allora, né in seguito, mezzo migliore per eseguirlo di rincorrere Flik, minacciando ed imprecando. Chi veniva da fuori si vedeva, così, aprire la porta da un viso ancora scomposto dall'ira e il dubbio di disturbare, già suscitato dalla voce del cane, diventava certezza.

XXI

Con le prime poppate si aprì, fra i miei suoceri e me, una specie di abisso che ci avrebbe diviso per tutta la durata dell'allattamento. Da una parte c'era quel culto del cibo che aveva spinto la Prefettessa a dare a volontà il seno al figlio fino all'età in cui era stato in grado di trascinare da solo un panchetto per rampicarsi sulle sue ginocchia ed afferrarlo; dall'altra la mia ferma convinzione, acquisita nella lettura del libretto, che un orario «rigido» delle poppate rappresentasse la verità nel campo dell'allevamento.

I primi giorni, a dividerci, c'era anche una questione di linguaggio: invece di dire «latte» o «poppata», loro dicevano genericamente «nenna», io «puppa». E una volta che la bambina piangeva fra le mie braccia, esasperata dalla fame e dalla difficoltà di attaccarsi alla mammella, e strette a cerchio intorno a me la Prefettessa, la levatrice e Concetta mi intimavano opposti consigli, arrivò, all'improvviso, l'Adorno da fuori.

– Perché piange? – domandò sconvolto, facendosi largo fra le persone e le voci. – Perché piange? – insisté alzando il tono perché nessuno gli rispondeva.

Trovandomi il suo volto incappellato vicino quasi quanto quello della bimba:

– Piange perché vuole la puppa – risposi rabbiosa.

– Puppa? – ripeté disorientato e volgendosi subito indietro. – Che è puppa? – chiese ansioso e irritato ai presenti che continuavano a non dargli retta. – Che è puppa? – gridò.

– ... 'a nenna! – gli tradusse impaziente la moglie senza distogliere gli occhi dalla bocca urlante della nipotina.

Dopo qualche giorno anch'io dicevo «nenna», ma con un fondo di ribellione che dava alla parola, in bocca agli altri dolcissima, un che di sprezzante, di sgarbato.

Se la bimba piangeva prima dell'ora della poppata e nemmeno il canto di Concetta bastava a calmarla: – Daccilla! – pregavano in coro. – Fame ave, 'a picciridda –. E quando finalmente io cedevo, orologio alla mano (il mio, ché l'Adorno si ostinava a mettere dieci minuti avanti il suo, pur sapendo che io mi rifiutavo di consultarlo), si stringevano tutti intorno a me. – S'attaccò – diceva qualcuno nel momento preciso in cui la bimba si attaccava.

– Sugào? – chiedeva, a poppata finita, il nonno, pallido e teso come se aspettasse il risultato di un'operazione. All'ora dei nostri pasti, invece, c'era una specie di esodo per tutta la lunghezza del corridoio, fino alla stanza da pranzo, che si trovava all'estremità opposta.

Ognuno si allontanava facendo qualche raccomandazione a Concetta che restava sola a fare la guardia alla culla, anche quando la bambina dormiva. – Ghìte, ghìte! – ci diceva fiera e consapevole, sdegnando i nostri consigli.

Le prime volte mangiavamo svelti, in silenzio, gli orecchi tesi a cogliere il pianto della bimba. Se Barbacino, servendo, prodigava consigli contro il malocchio o raccontava storie di neonati del suo paese venuti al mondo con tutti i denti, veniva bruscamente zittito.

Fu una sera di queste, durante la cena, che squillò il telefono interno. La prima mossa del Prefetto fu di zittire anche quello. Ma erano quasi le dieci, gli uffici chiusi, al centralino solo l'agente di turno...: una prima ombra d'allarme, subito dopo il fastidio, passò sul suo viso.

– Eccellenza, è il Ministero! – riferì l'agente che era corso a rispondere.

Tacque, intorno alla tavola, anche il rumore leggero delle posate sui piatti. Quando l'Adorno tornò, si stava affannosamente sciogliendo il fiocco della cravatta da casa.

– ’U ministro! – disse – partì da Roma e sta arrivando qua.

– ’U ministro?!... ’e notte?! – chiese esterrefatta la moglie.

– ... ’E notte – assentì con amarezza l’Adorno.

– Che fu?

– C’u sape!

A questo punto, dal fondo del corridoio, si levò il pianto della bimba subito soffocato dal canto di Concetta: nessuno si mosse.

– Cà dorme.

– Cà? ... e dove?

– Nella stanza degli ospiti.

– E la picciridda? – lamentò la Prefettessa.

– La passamo in un’altra stanza.

– E tutte cose? – implorò.

– Tutte cose... le passamo pure – troncò il marito che cominciava ad irritarsi. – Vienti a vestire – e si avviò con la cravatta in mano, verde e snodata come un serpe.

Quando tornammo in camera per cominciare lo sgombero, Concetta, ignara, il dito sulle labbra e la faccia compresa: – S’addormisciò! – sibilò e si volse ai padroni per riceverne l’abituale plauso.

– Passatelo nella vostra stanza – le rispose l’Adorno riassumendo nel tono categorico il dispiacere per l'ordine ingrato e il desiderio di evitare obiezioni.

Barbacino, intanto, che non voleva perdere l'occasione di dare una dimostrazione della propria forza, iniziava il trasporto di «tutte cose» afferrando insieme vaschetta e bilancia. La culla, spinta per la prima volta fuori dalla stanza, attraversò il corridoio in un ondeggiare di veli, seguita da un cauto scalpiccio. Poi fu la volta del cestino da neonato, dell'acqua sterile, delle pile di pannolini. – Non li mischiate! – si raccomandava la Prefettessa angosciata all'idea che andasse perduto quell'ordine di asciuttezza, solo da lei meditato e conosciuto, secondo il quale li aveva disposti. A poco a poco, la stanza degli ospiti riprendeva l'aspetto di «matrimoniale» in vetrina, che un Prefetto e un economo le avevano dato arredandola in finto Chippendale per l'occasione di una visita del principe Umberto. Non potendosi sospettare di loro che fossero repubblicani, non restava che considerare il tono anonimo e freddo della stanza come l'espressione di una precisa idea del bello. L'idea del fasto, invece, l'avevano concentrata sulla bottiglia da notte, di vetro opaco, bianca, quasi interamente coperta di grosse rose d'argento in rilievo, su cui le domestiche, per soggezione, lasciavano che s'incrostasse la polvere.

Priva di ogni traccia di vita e completa di coperta damascata la camera degli ospiti, ora, era pronta per accogliere il ministro. Il Prefetto la ispezionava, placato, guardando ogni tanto l'orologio. Ad un tratto si fermò ed indicando la parete nuda sopra il letto:

– Un crocifisso, – ordinò fremente – un crocifisso, ci vuole!

– Crocifissi nell'alloggio non ce ne stanno – rispose, pronto e indifferente, Barbacino.

– Dove lo troviamo il crocifisso... 'e notte?! – lamentava la moglie, che pareva non avere altre obiezioni.

– Un crocifisso, o questo ci prende per mali cristiani! – si disperava il Prefetto, senonché, in un improvviso lampo di genio, Barbacino si precipitò, attraverso i saloni, fino all'ufficio e tornò con un grosso crocifisso scuro.

Ormai la mezzanotte era vicina. Prefetto e Prefetressa restarono soli, vestiti quasi da cerimonia, ad aspettare nel salone giallo. Alle due, quando ormai, stanchi di consultare l'orologio, facevano riverenze di sonno davanti al ritratto della regina Margherita, il ministro suonò.

Gli rispose, per tutti, un latrato furioso e se non ebbe, in generale, l'impressione di disturbare, ebbe certamente quella d'avere importunato il cane.

Aveva avuto un guasto alla macchina, si scusò, e il motivo della sua visita era privato, sorrise bonariamente a se stesso: l'indomani, domenica, voleva fare una gita al lago. Chiese di essere svegliato presto e andò subito a letto.

Breve fu la sua notte sotto il gran crocifisso. All'alba Concetta bussò ed apparve, memento mori, vestita tutta di nero (anche in quell'occasione aveva rifiutato di contaminare col bianco il suo lutto), a portargli il caffè. Alle sei era già partito, lasciando detto che non sarebbe tornato.

La culla fu riportata, dolcemente, nella sua stanza, «tutte cose» rimesse, con scrupolo, al loro posto e il crocifisso tornò nell'ufficio.

Nel pomeriggio, quando tutti si riposavano dell'avventura notturna, squillò di nuovo il telefono interno. Il questore avvisava, amichevolmente, che la macchina del ministro puntava di nuovo sulla prefettura.

Questa volta era questione di minuti. Fummo cacciati dalla stanza quasi brutalmente.

L'Adorno, muto, corse da solo nell'ufficio e si assicurò il crocifisso. La culla rifece, al trotto, il corridoio, le cose della bambina vennero afferrate e posate, a caso, nella stanza più vicina.

Prestissimo il cane abbaiò e, presi nel ritmo della velocità, corsero tutti alla porta. Non era il ministro.

Era il suo autista: anche lui aveva corso e, rivolto al Prefetto, disse tutto d'un fiato:

– Eccellenza, Sua Eccellenza ha dimenticato il cappello.

XXII

Ora che la bambina cominciava a guardare, a dare i primi allusivi cenni di sorriso, per l'Adorno era sempre più difficile staccarsi dalla culla. «La picciridda vole jocare!» rispondeva in tono impermalito alla moglie che lo spronava ad andare in ufficio. La sera non faceva più la passeggiatina sul Corso; il sindaco e il questore avevano seguito, soli, la processione, e i ragazzi dei preti inutilmente spiavano da dietro il sipario la prima fila delle poltrone.

Ma alla gioia che lo inchiodava in contemplazione si aggiunse presto una pena: la bambina non aveva quei bei rulli di grasso già invidiati in altri neonati quando Cosimo era piccino. Cresceva magrina, minuta, e il suo intestino sregolato dominava gli umori di tutti. Quando l'Adorno tornava dall'ufficio fissava il viso ansioso sulla prima persona che incontrava nel corridoio e:

– La fece la cacchidda 'a picciridda? – domandava.

– La fece.

– Quante?

– Una.
– Buona?
– Buona, Eccellenza, buona – confermava paterno Barbacino.
– Ch'è bedda la figghia, ch'è bedda! – cantava allora l'Adorno e la sua voce e i guaiti del cane eccitavano nella culla la bimba, che lo accoglieva dimenandosi e ridendo.

La volta che incontrò Cosimo per primo ebbe un attimo di incertezza.
– La fece? – gli chiese soltanto, trattenuto dal vecchio pudore di parlare col figlio.
– Cosa? – mugolò Cosimo, cui a sua volta il pudore impediva di dimostrare di avere capito.
– ... 'a cacca... 'a picciridda.
– Che saccio! – troncò lui alzando il mento e proseguendo, irritato, il suo cammino.

Più spesso alla domanda «Quante?» la risposta era «tre», «cinque», «sei». Più il numero era alto, maggiore la costernazione sul volto dell'Adorno.

«Cinque?» ripeteva desolato «Sei?» e arrivato sulla soglia della camera della bambina «Ave lo stomaco sfasciato» dichiarava con amara baldanza, come se avesse afferrato una verità che gli si voleva nascondere.

«... e doppo che 'u latte 'e sua matre non ci fa bene!» concludeva qualcuno con l'aria di affermare una realtà da sempre prevista.

Se Concetta era presente citava, come esempio di robustezza e di allevamento azzeccato, quello di un suo nipotino a cui «'u latte 'e sua matre non ci faceva bene» e che era stato, per questo, attaccato direttamente alla capra.

La notte, nei miei sogni brevi, spezzati dal pianto della bimba, io gridavo contro tutti, la voce strozzata e una mammella di fuori.

Altro motivo, sordo, di lotte erano le uscite della bambina. Per la Prefettessa non c'era mai un giorno abbastanza caldo, senza starnuti, senza vento... Se mi sentiva dire «La porto fuori» impallidiva.

«Freddo fa! Raffreddata è!» insisteva fino sulla soglia, dove ci accompagnava ripetendo pazientemente il tentativo di coprire la bimba fino al naso.

Quando in città si cominciò a parlare di tosse convulsa le uscite furono sospese.

«Oggi la portiamo in campagna» mi prometteva ogni giorno l'Adorno.

Finalmente, in un limpido pomeriggio d'estate, la lunga macchina nera usata per le cerimonie uscì dalla prefettura per la prima passeggiata.

Davanti, per controllare meglio l'autista, stava il Prefetto, dietro io e Concetta con la bambina in braccio. («Così, se la picciridda piange, lei ci canta»).

Al posto di Gastaldi, andato in quei giorni in licenza, c'era l'agente Cosenza. Lo aveva scelto il questore, fra tanti, e lui, ora, si sentiva arrivato. Apriva lo sportello con slancio, fissandoci con un'espressione arguta, d'intesa, e nella fretta di esibirsi al volante ce lo sbatteva spesso nei calcagni. Dentro, la sua presenza ci sembrava stranamente corposa. Guidava bene, commentando, invitandoci a dividere il suo sdegno per i torti degli altri. Considerava suo dovere, o finissima astuzia, partecipare a tutti i nostri discorsi.

«Giusto, Eccellenza, ben detto!» approvava volgendosi verso il Prefetto a mostrare la gravità della propria espressione, non sospettando di suscitare il terrore di questo perché distoglieva lo sguardo dalla strada.

Nelle nostre lunghe pause di silenzio i suoi orecchi rossi, di biondo, incredibilmente discosti, restavano in trepida attesa. Avendo capito, quel giorno, che portavamo la bambina in campagna per paura dell'epidemia di pertosse:

– Fa bene Eccellenza. Io lo so... – aveva detto torvo – qui c'è qualcuno che fa apposta a contagiarla...

E arrivati al momento di scendere:

– Aspetti Eccellenza, – consigliò – lasci fare a me –. Si avvicinò con la macchina a due carabinieri che passeggiavano sul marciapiede di una stazioncina deserta e dal finestrino semiaperto:

– Sono un agente – disse a voce bassa e in tono cospirativo. – C'è tosse?

– Come? – fece uno dei carabinieri chinandosi verso di lui.

– Sono un agente: c'è tosse?

Due facce rosse e smarrite ripeterono:

– Tosse?

– Tosse convulsa – incalzò Cosenza.

– Convulsa? No, no! – fecero in coro i carabinieri sollevati per aver capito e sicuri, almeno, di non averla.

– Eccellenza! può scendere! – e Cosenza fiero balzò ad aprire lo sportello.

La notte, il silenzio fondo d'antico convento della prefettura era rotto spesso dal pianto della bimba. Noi restavamo fermi, al buio, sperando che finisse, ma subito qualcuno annaspava alla porta di camera e sulla scia di luce del corridoio, stringendosi al collo il bavero di una vestaglia che ne compieva, avvolgendola, l'obesità, entrava la Prefettessa. Ignorando completamente la nostra presenza andava spedita alla culla e si metteva a dondolarla.

Poco dopo, giusto il tempo d'infilarsi i calzoni sopra il pigiama, dato lo sdegno con cui aveva sempre considerato l'eventualità di possedere una vestaglia, arrivava l'Adorno:

– Febbre ave? – chiedeva affannato e al mio secco:

– Macché febbre! – subito si rallegrava e:

– La picciridda vuole jocare, – concludeva – fatela jocare.

– Lo sa che sono le tre? – sbottavo con tutta la rabbia che mi permetteva la posizione supina.

– Niente ci fa!

– E invece ci fa, ci fa! – ripetevo esasperata.

Solo Concetta, che aveva lottato fino a quel momento per infilarsi il vestito a lutto sulla camicia da notte lunga e felpata, riusciva a riportare la quiete. Scacciava a larghi gesti i padroni, chiudeva la porta, si sedeva vicino alla culla, nel buio, e cominciava a mugolare il suo canto. Appena la bimba dormiva si allontanava in silenzio e la porta riaperta sulla luce del corridoio ce ne rivelava ancora un attimo la strana tenuta, nera fino ai polpacci e bianca fino ai piedi.

Cosimo, che per essere considerato il più possibile assente, fino a quel momento aveva ostinatamente finto di dormire, allungava allora una mano verso di me, mi scuoteva e – Quant'è antipatica questa bambina! – dichiarava con l'aria di aspettare che mi giustificassi.

Era, questo, il suo unico modo di alludere alla figlia.

XXIII

Alla fine di agosto il governo entrò in crisi. Avverso per natura ad ogni cambiamento, l'Adorno subiva quei giorni d'interregno con rassegnato scetticismo pronto a deprecare, pochi mesi dopo, la caduta di quello stesso governo che dalla crisi di oggi doveva ancora uscire. Oltre alla convinzione che non ci sia fine al peggio lo turbava, questa volta, il timore, se la crisi fosse stata lunga, di dovere spostare la propria licenza. Infatti, tra le tante cose che, con la nascita della nipote, avevano perso valore ai suoi occhi, Belverde, la vendemmia, gli agrumi, avevano guadagnato in affetto.

«A Belverde ce ne andiamo!» soleva ripetere alla bimba facendosi eco da solo con un breve riso eccitato, pago d'interpretare il minimo movimento di lei come un'espressione di giubilo per la terra promessa: «A Belverde ce ne andiamo!».

La crisi fu breve: nel giro di pochi giorni i giornali erano pieni delle fotografie dei nuovi ministri, quasi tutti gli stessi, disposte in un modo diverso, come in un gioco di carte.

Ma, a rendere tetro l'Adorno, era bastato uno spostamento di pochi centimetri: al di sopra della scritta *Ministero dell'Interno* invece della spenta faccia ovoidale che aveva sopravvissuto a diversi governi, si trovava ora quella volitiva e astuta del ministro a cui aveva rifiutato due piaceri.

«Eccellenza...» si ripeteva mentalmente l'Adorno cercando di ricostruire la lettera nella sua nuova gravità «sono dolente...» «... non c'è niente nel servizio di quell'impiegato che possa renderlo suscettibile di un trasferimento non richiesto...». «... Lei conosce la legge...» «... il provvedimento coinvolgerebbe la mia coscienza».

Sì, non c'era niente da fare, aveva proprio parlato di coscienza e gli aveva ricordato la legge.

Lontano dal supporre che un ministro potesse, da questo, giudicare della lealtà di un proprio funzionario, «... o chissu se lo scordò...» pensava «oppure si vendica».

E la parola trasferimento riprese a gravare i suoi discorsi, resa più amara dal fatto che ora avrebbe significato lasciare noi e con noi la bambina. La bambina senza chi le curasse i panni... senza chi le cantasse... senza chi si alzasse la notte a dondolarla.

In quei giorni ad Y doveva svolgersi un congresso eucaristico. L'Adorno, che lo aveva considerato, fino a quel momento, come una noia da evitare, lo vide improvvisamente come una buona occasione per rinfrescare negli altri la memoria di sé solerte cristiano.

Andò col vescovo incontro al cardinale fino al confine della propria provincia, fu presente a tutti i discorsi, alle riunioni, ai pranzi, alle messe solenni. In casa lo si vedeva solo con cappello e bastone nell'atto di entrare o di uscire.

Non si lamentava, ma non aveva nemmeno quell'aria tra furba e sorniona con cui era andato le prime volte alle cerimonie dei preti.

Il giorno della processione finale, la più lunga che si ricordasse ad Y, arrivato sotto il balcone della prefettura, da cui noi lo guardavamo sfilare primo di una folla grigia, incolore, dopo la magnificenza di sei vescovi e di un cardinale, invece di alzare il viso nel solito cenno d'intesa, aveva infilato un dito nel colletto della camicia e sporto in avanti il mento, smaniando, come chi non può respirare.

La sera, entrato in camera della bambina stanco sfinito: – Aaahh!... – aveva esclamato sedendosi vicino alla culla in un gemito che segnava il passaggio da una situazione di pena ad una di sollievo. E fatto cenno a Barbacino, gli aveva consegnato cappello, bastone, scarpe, giacca e cravatta. Ricevutine in cambio gli indumenti da casa e ritrovato sotto il mento il contatto tenero della cravatta floscia, si era appoggiato alla culla con abbandono:

– Aio pregato la Madonna perché faccia guarire la picciridda – aveva annunciato con leggera enfasi, dimentico, in nome dello slancio che aveva avuto, dei vari motivi per cui era andato in processione.

– Guarire di che? Non è mica malata – intervenni risentita.

Restando con la testa china, ma guardandomi di sotto in su:

– ... Non ave lo stomaco buono... – mi rispose incerto e già il timore di averla «jettata» incrinava in lui la convinzione della bontà della propria preghiera.

Due giorni dopo il ministro lo convocò a Roma.

Per tutta la strada fu così concentrato nell'immaginare infinite versioni di quel colloquio che, per la prima volta, lasciò gli alberi correre senza porvi riparo.

Sulle scale del Viminale incontrò due prefetti: erano stati convocati anche loro. «Buono» si disse adeguando con nuova lena il suo passo al loro.

Nell'anticamera del ministro ce n'era un altro gruppo. «Buono» si ripeté sollevato.

Il ministro fu cordiale con tutti, con lui in particolare.

«Chissu se lo scordò» si diceva l'Adorno tendendo, in profonde inspirazioni, il panciotto dell'abito blu «... o fa finta...», «... o vuole che me lo scordi io...» concluse illuminato e bonario, come se si rendesse conto in quel momento di essere lui dalla parte della legge.

Tornò a casa con un'espressione soddisfatta, soffusa di una nuova dignità.

E l'indomani «A Belverde ce ne andiamo!» ricominciò a dire con rinnovato entusiasmo.

Cosimo, come sempre, si rifiutò di partire, ma, questa volta, nessuno insisté. Egli ebbe così la misura della nuova libertà di cui godeva grazie alla nascita della figlia.

A far cedere la Prefettessa non fu estranea la speranza, se lo avesse affidato, come Flik, a Barbacino, di trovarlo più grasso al ritorno, ma ad appagare in ambedue il bisogno di affetto e di possesso era l'esultante certezza di portare la bambina con sé.

XXIV

Quell'anno a Belverde, su un filo teso dal pozzo all'ulivo, una lunga serie di pannolini sbiancava e sbatteva tutto il giorno nel sole. In qualunque parte del podere si trovasse, l'Adorno poteva vederla e, fermo tra i filari nani, si abbandonava ogni tanto a guardarla, traendo apparentemente dalle lunghe boccate della pipa l'espressione d'un intenso, contenuto piacere. E nel suo trepido entrare ed uscire di casa tirandosi, cauto, la cassina alle spalle, c'era un nuovo fervore, una nuova allegrezza.

I nonni vennero per primi a vedere la bambina: con occhi sgranati in cui lacrime spesse facevano da lenti alle iridi azzurre, il nonno confermò che la «nascaredda» era napoletana. – A sua matre non ci somiglia – dichiarò la moglie come se quello fosse l'essenziale, e abbandonò il capo ad un tremito fitto e leggero, di cui non soffriva l'anno prima, e che sembrava, da solo, motivo ed espressione di sdegno.

Il colonnello e la moglie vennero qualche giorno dopo. Arrivarono su una macchina comprata da poco, che lui guidava con maldestra arroganza di mutilato abituato a salire davanti sugli autobus. Il tempo che impiegarono a percorrere a piedi il viottolo ripido che porta alla casa non bastò a ricomporre il volto congestionato con cui il colonnello aveva lasciato il volante. Mise piede sulla terrazza e: – Uno pezzo 'e cornuto!... – cominciò a raccontare allontanando da sé con gesti di fastidio, come se fossero mosche, i rami fioriti della buganvillea – io ci suonai e iddu...

– Tano – lo richiamò la moglie cercando di riportarlo al motivo della visita.

– ... e iddu, pezzo 'e cornuto, non mi volle lasciare la strada!

Concetta era apparsa in quel momento con la bambina in braccio.

– Tano... 'a picciridda.

– Finicchia è[6] – buttò là il colonnello dandole appena uno sguardo per tornare con passione al pezzo di cornuto che non gli aveva voluto lasciare la strada. Ferita in quella dignità di «nurse» che proprio davanti a loro aveva tenuto a sottolineare col gesto eccezionale di prendere la bambina in braccio, Concetta si allontanò da lui.

Tra lei e la famiglia del colonnello corre un vec-

[6] Bellina è.

chio, geloso rancore: non si spiegano, questi, l'affetto e la commozione che Anita Adorno tributa da anni a una donna così rozza e sgradita. («'A magaria ci fece» li appoggia la nonna che ne è, a sua volta, gelosa e nemica).

Concetta, la cui convinta sicurezza nel distinguere la ragione dal torto l'ha portata a rompere i rapporti con tutti i propri parenti, che non siano suo padre e sua madre, trova indegno della Prefettessa amare persone da lei giudicate «mavvagie». «Perché vostra madre mavvagia è» non esita a denunciare alla mitezza della padrona, cui sembra sufficiente, per non reagire all'accusa, il pensiero che la madre non ami Concetta.

Della malvagità del colonnello ha prove cocenti. «Iddu basta che face 'u presepe!» dice con ironico sprezzo. Se spronata a parlarne, racconta di quando gli Adorno la mandarono a lavorare per lui, in un periodo in cui Cosimo, per ragioni di studio, era ospite degli zii e questi senza domestica.

Entrata in casa loro armata della brusca energia dei momenti d'emergenza, subito si era accorta che, davanti a lei, venivano interrotti i discorsi.

Poi c'era stato il presepio. Mancavano due mesi a Natale eppure il colonnello, esultante come se lei fosse andata apposta per quello, l'aveva mandata in cantina a prendere le casse. Sei cassette d'ordinanza sonanti di lucchetti e di maniglie, zeppe di pastori, d'angioli, di greggi: a tanto ammontava già allora il presepe dello zio.

Aveva cominciato a farlo, da giovane, per le figlie bambine, aveva continuato, spinto dalla moglie e dalla superstizione, quando queste s'erano fatte ragazze e ripreso con nuova lena e continui progetti d'allargamento alla nascita del primo nipote.

Man mano che il presepio si era ingrandito, che il suo montaggio, vellicando nel suo costruttore una presunta vocazione per l'ingegneria, si era fatto più complicato, aveva posto alla famiglia problemi sempre più gravi di tempo e di spazio.

A montarlo, il colonnello impiegava più di un mese: un mese di colpi, di «voci», di chiodi e di fili ritorti sul pavimento.

«E doppo che in questa casa non c'è una stanza p'u presepiu!» lamentavano insieme moglie e marito quando arrivava, così presto, il momento di sfarlo.

Finalmente il colonnello aveva avuto l'idea di utilizzare lo stanzino della donna: vi aveva introdotto un tavolo e, con l'aiuto di assi, lo aveva allargato fino a fargli toccare le pareti. Carponi sul ripiano ottenuto, poiché per terra non c'era rimasto spazio, poteva lavorare tranquillo, e, una volta la costruzionc finita, non c'era urgenza di sfarla.

A vederlo così, lo stanzino, era solo presepio, ma

quando il colonnello, mostrandolo ai visitatori, in un crescendo di ebbrezza per la meraviglia suscitata, alzava il drappo rosso che nascondeva la base fino a terra, appariva, infilata sotto il tavolo, nel rapporto di spazio di una bara nel loculo, la branda della donna. «Idda ci dorme lo stesso!» rideva soddisfatto. «C'entra!».

Anche a Concetta era toccato dormirci.

La prima volta c'era entrata di testa, ma poi, la notte, le era mancato il respiro e nell'agitarsi aveva provocato sopra di sé paurosi crolli di pastori. «Colonnello, cascaro» aveva annunciato freddamente al mattino, invece di annaspare, come le donne che l'avevano preceduta, per rialzarli da sola.

Poi c'era entrata di piedi e spostando di poco la branda era riuscita a fare sì che almeno la testa sporgesse, sola e tetra, fuori dal drappo rosso.

– Ce lo date 'u succu d'uva? – chiedeva intanto la sorella della Prefettessa cercando di supplire col proprio minuzioso interessamento alla distrazione del marito.

– 'U succu d'uva? – ripeterono in coro gli Adorno impressionati e attratti. – Non ci fa danno?

– Ma quale danno! – ribatté la zia con la sicurezza che le veniva dal recente allevamento dei nipoti. – Buono ci fa!

Rimasto completamente isolato dall'interesse suscitato dall'argomento: – 'U succu d'uva? Buono, buono ci fa! – intervenne il colonnello e già con lo sguardo lontano e un tremito veloce della gamba sana, che gli si comunicava a tutta la persona, aveva ripreso a seguire da solo la propria avventura.

In qualunque altro momento, gli Adorno, scettici sul valore nutritivo di tutto quello che è liquido, avrebbero lasciato cadere il consiglio, ma lì, a Belverde... con «l'uva della vigna»... un'uva tiepida e bruna come la lava che le contende il terreno, un'uva dai chicchi minuti, dolcissimi, maturati sotto il cielo senza piogge...

Nel giro di poche ore, davanti alla famiglia riunita, Concetta introduceva nella bocca della bimba il primo cucchiaio di succo. Questa lo sputò con insospettato vigore. Concetta ne introdusse un altro, un altro ancora. Abituandosi a poco a poco al nuovo sapore, la bambina ne trattenne una parte.

– Ci piace l'uva sua! – esultò l'Adorno, pago che non lo sputasse tutto.

L'indomani la fila di pannolini che correva dal pozzo all'ulivo a rendere festoso il podere, improvvisamente si allungò.

– Quattro?! – ricominciò a chiedere allarmato

l'Adorno entrando e uscendo sempre più spesso di casa. – Cinque?!

– ... 'u caldo, ... 'u cangiamento d'aria – dicevano in casa le donne mentre il pensiero di tutti si appuntava sull'uva.

– Sei?! – Arrivato a sei: – Cose 'e ta soro![7] – sbottò con un pugno alzato verso la moglie l'Adorno e sbattendosi la cassina alle spalle si allontanò, amareggiato, nella vigna senza colpa.

– ... 'ccellenza! ... 'ccellenza! – chiamava Concetta poco dopo rivolta al cappello di paglia e al pezzo di schiena a righe che affioravano lontano tra il fogliame. – ... 'ccellenza!

L'Adorno si voltò e subito, senza chiedere niente, cominciò a camminare in fretta. Procedeva a testa bassa, misurando con lo sguardo e col bastone le difficoltà che gli si ponevano dinanzi, poggiava i piedi come se la terra scottasse, li alzava scuotendoli, come se li fosse bruciati, dando l'impressione che, ad ogni passo, dovesse cadere.

Arrivato vicino a Concetta si fermò e alzando su di lei un volto desolato:

– N'autra ne fece? – domandò sommesso.

– Vossia! – lo rimproverò la donna con un gesto impaziente della mano. – C'è massaro Santo che vi vuole.

[7] Cose di tua sorella.

– Vengo, vengo – assicurò l'Adorno, sollevato, e subito riprese ad affrettarsi.

Il contadino era stato introdotto nella stanza in cui io stavo, sola, a leggere. Si era schermito con poche parole incomprensibili al mio invito a sedersi e aspettava in piedi, il cappello impugnato all'altezza dello stomaco.

Aveva una figura rigida e una testa straordinariamente folta di capelli bianchi, lunghi e ruvidi. Nel suo atteggiamento non c'era nulla di umile, né d'impacciato: aspettava come se compisse un lavoro.

– Voscenza benedica! – salutò, non appena apparve l'Adorno tutto accaldato; e la sua voce, in contrasto con l'austerità della persona, suonò sgradevolmente lamentosa.

– Massaro Santo! Qual buon vento? – esclamò questi con una cordialità calcata, come se recitasse, e subito, ricordandosi: – La lettera l'aio, aspettate, accomodatevi, vado a prenderla.

– 'A Madonna vi facesse tante grazie... – mugolò il contadino sedendosi rigidamente.

L'Adorno tornò con un foglio spiegato.

– Ecco vedete... – disse mettendolo, in uno slancio di zelo, sotto gli occhi del visitatore, che, se non era analfabeta, era certamente presbite: – Viene proprio dalla segreteria dcl ministro. Ora ve la leggo.

– 'A Madonna... – ripeteva il contadino.

L'Adorno cominciò a leggere. – «In risposta alla segnalazione di Vostra Eccellenza...» vedete? io ci scrissi – sottolineò, interrompendo la lettura – «... si comunica che la pratica per la pensione di guerra spettante a Zappalà Santo...» uno figlio ci morse e ancora non ci dettero niente... – spiegò rivolto a me – «... è stata da questo ufficio sollecitata...» massaro Santo! – esultò improvvisamente – i soldi vi arrivano! e con gli arretrati una bella sommetta vi pigliate!

– ... 'A Madonna d'u Carmine... – precisò il contadino sotto l'urto della notizia.

– La casetta vi ci fate, la casetta!

– ... 'A pregasse pu' Voscenza che vi facesse tante grazie...

– Aspettate, massaro Santo, – lo bloccò l'Adorno vedendo che si alzava – dovete prendere qualcosa... – e affrettatosi alla credenza, si chinò, aprì uno sportello, frugò nel buio sconosciuto alle sue mani inesperte e provocò un rovinio di bicchieri.

– Eccellenza che fu? – Concetta apparve sulla soglia.

– Dateci voi da bere a massaro Santo – ordinò, rialzandosi – voi lo sapete unne 'e mettete 'e cose!

Quando il contadino ebbe bevuto, l'Adorno lo accompagnò fino al cancello, e poi tornò da me.

– Lo sai chi è questo? – mi chiese con un'aria stranamente eccitata. – È un emerito ladro: sono più i giorni che passa in galera di quelli che passa fuori! ... ma io me lo tengo buono, così a rubare qui non ci viene – e calcatosi in capo, con profonda soddisfazione, il cappello di paglia, si allontanò di nuovo nel podere.

XXV

Fino dalla mattina ciuffi di nuvole chiare, mosse da un vento diverso, appannavano ogni tanto il sole: era la vigilia della vendemmia. I giornali annunziavano per l'indomani la riunione del consiglio dei ministri.

Come se non resistesse a consumare la propria giornata così, in quell'alternarsi struggente di luce e di ombra:

– Oggi ne scendemo a Aci – dichiarò ad un tratto l'Adorno e alla moglie, che sembrava non avere udito: – Saro tornao – spiegò col tono di chi intuisce una resistenza; – ... dopo trent'anni ce la volemo fare una visita?!

– Faccilla tu – rispose la Prefettessa con un viso inspiegabilmente acceso.

– E tu? ch'hai a fare?

– Aio che fare.

– Ch'hai a fare?

– Se io nescio – spiegò finalmente con occhi che sprizzavano rancore – chi ce li ritira i pannolini alla picciridda prima che fa scuro?

– Non ce li può ritirare idda? – chiese, intimidito, l'Adorno, ammiccando verso la cucina.

– Idda?! – ribatté scettica Anita Adorno. – O li ritira quando possono stare ancora al sole, o ce li lascia dopo che fa scuro! – e subito, riprendendosi, come per rimorso: – Eppoi, se idda ave a stare con la picciridda, come li ritira?

Ormai pienamente convinto della necessità che la moglie restasse a casa, l'Adorno decise di «scendere ad Aci» solo con me.

Da Belverde ad Aci, in linea d'aria, corrono circa sei chilometri: la curva d'una collina, da lassù, impedisce di vedere il paese, ma di Aci sono le lampare che punteggiano il mare di luci, la sera. Da Belverde non c'è corriera diretta e la strada, involuta in lunghissime spire, si trascina per venti chilometri, tra giardini d'agrumi, vigne morenti e barriere di cactus. Nel pomeriggio una macchina privata, «puntata» dall'Adorno, venne a prenderci a casa.

– Pronta sei? – mi spronava già da un pezzo, passeggiando, completamente vestito, davanti alla porta della mia camera. – Pronta?! – E quando credette di sentire il rumore del motore che si avvicinava su per la salita: – Presto! presto! – gridò affrettandosi al cancello.

La macchina lo trovò lì, pronto e fremente, come alla fermata di un autobus.

Ci avviammo lentamente, per la strada in discesa, sporgendoci a salutare Concetta che, un po' più lontano, faceva passeggiare la bambina. Poi l'Adorno tirò il fiato rumorosamente e si accinse a controllare l'autista.

Ma dalla strada, dai cartelli, dal contachilometri il suo sguardo si alzava ogni tanto a fissare quel punto del cielo dove le nuvole erano ferme e raccolte, come in attesa.

Ad un tratto, forse per un'improvvisa associazione d'idee, cominciò a frugarsi:

– Bì! – disse – mi scordai il portafoglio – e ci guardò stupito, come se constatasse un gesto compiuto da un altro.

Tornammo indietro.

Questa volta il rumore del motore non richiamò nessuno al cancello. L'Adorno scese dalla macchina e per fare più presto entrò in casa dalla porta di cucina.

– Anìita! – gridò da lì, in quel tono tra allarmato e astioso che avevo scoperto, col tempo, comune a tutti i familiari quando chiamano qualcuno e del tutto indipendente dal motivo per cui lo fanno.

Nessuno rispose.

– Anìita! – ripeté più forte continuando ad avanzare attraverso il corridoio.

– Anìita!

Incuriosita dal silenzio scesi di macchina anch'io.

– Anìita! – tuonò entrando nella stanza da pranzo.

Il quarto richiamo, il più drammatico, il più forte, investì in pieno la Prefettessa che rientrava in quel momento dalla porta della terrazza, stringendosi al seno una bracciata di pannolini asciutti. La straordinarietà del grido e il trovarsi davanti il marito, uniti alla sua naturale disposizione alle disgrazie bastarono perché, sbiancando, si portasse una mano al cuore e si abbandonasse sul divano lì vicino.

L'Adorno, che lì per lì, non associava il malore di lei alla propria voce e alla propria presenza, restò a guardarla costernato.

Io li trovai così e restai, interdetta, sulla soglia. La Prefettessa, che non mi vedeva, interpretò l'espressione e il silenzio del marito come conferma della propria intuizione, e passando dal bianco al vermiglio, dall'immobilità al tremito, ruppe in singhiozzi.

– Che fu? – chiese sbarrando sul marito due occhi angosciati.

– Come che fu? Che hai?

– Perché gridasti?!

– Perché gridai?... Cà perché volevo sapere unne mettesti 'o portafoglio! – spiegò finalmente l'Adorno con una specie di calmo stupore e rivolgendosi a me: – Cose! ... Cose!... – cominciò a lamentare – uno la chiama e idda, per lo spavento, ci prende una cosa a 'o core.

XXVI

Il cugino Saro, verso il quale con tanto zelo ci avviavamo, era stato console a T fino a pochi mesi prima. Dopo trent'anni di esilio era tornato ad Aci, in pensione.

Una vecchia fotografia, cui una lieve differenza di taglio e di colore toglieva ogni aria di nostrano, me ne aveva mostrato la figura agile e il volto aristocratico, di biondo, che la bombetta e i baffetti aguzzi non riuscivano a ridicolizzare. In un'altra mi era apparsa, in contrasto coi tratti paterni e con lo sfondo, uno sfondo pallido e minuzioso di altissimi abeti reso più nordico da una coltre di neve, la bellezza carica e bruna delle sue tre figlie.

– E loro, ora, dove sono? – avevo domandato, immaginando per ognuna un diverso destino in una diversa nazione.

– Cà sono – aveva risposto tranquillo l'Adorno.

– Non si sono sposate?

– Ca come?! Iddu cà le maritao.

– O come hanno fatto a sposarsi qua, se sono state trent'anni all'estero? – avevo insistito incuriosita.

– Come hanno fatto? – aveva temporeggiato l'Adorno scambiando con la moglie un'occhiata divertita – ... hanno fatto... che iddu le mandò qua, una alla volta, dai parenti – e abbassate improvvisamente le palpebre a scudo del mio stupore – e iddi parlarono coi sensali...

Le ragazze essendo belle e allevate da vestali della «pannizza», erano bastati pochi mesi e un sensale per sistemarle tutte e tre, raccontò con una specie di paterna fierezza.

Una aveva trovato di colpo l'uomo della sua vita in un cappellaio dal laboratorio odoroso di feltri sfumati, affollato di crani nudi, di legno. L'altra aveva accettato serenamente un commerciante in confezioni, ex venditore di monture fasciste, il cui manichino in vetrina aveva ancora sulla fronte la sbiaditura del fez. Solo la più piccola aveva sposato un laureato; ma il suo matrimonio era stato il meno apprezzato perché il marito aveva dovuto trasferirsi a Palermo.

Ad Aci, il cugino Saro vive nella casa paterna: una vecchia casa corrosa dal sale che stende sugli scogli una terrazza nuda. All'interno le carte da parati si staccano, indurite, e il geco vi mette crepitii improvvisi. Se qualcuno sobbalza «Niente: 'a zazzamita[8] è» comunica, convinto di tranquillizzare.

Ignorando la terrazza sul mare e i faraglioni di lava arrugginiti che si alzano dall'acqua pochi metri di fronte, il cugino Saro prende il fresco, la sera, sulla porta di dietro che dà su un vicoletto buio.

Là lo trovammo seduto, in pigiama di seta, appena scesi dalla macchina a nolo.

Teneva in mano, con estrema cautela, una scodella che un pescatore gli stava riempendo di piccoli polpi di scoglio.

Alzò il viso nobile e asciutto e guardandoci con due occhi azzurri, in cui la preoccupazione per la scodella era appena appannata dalla sorpresa di vederci: – I puppiddi accattai – spiegò, come se l'importanza del fatto bastasse, da sola, a giustificarlo dei ridotti saluti.

– Puppiddi? – fece l'Adorno con marcato interesse, e chinandosi a fiutarli, – Frischi sono – approvò grave, mentre i polpi vivi, si avvinghiavano nel piatto.

Poco dopo eravamo seduti anche noi davanti alla porta in un breve semicerchio di sedie.

I cugini parlavano: nomi brevi, contratti, di parenti, di amici, di vecchi compagni.

[8] Geco.

– 'A Pippa vitti.

– E Nennè?

– Morse![9] – annunciava con slancio l'Adorno trascinato dalla forza della sua stessa notizia.

– Morse?

– Morse – si ricomponeva con gravità.

– E come?

Fissando tra disapprovante e smarrito il cugino.

– Ci venne... – cominciò l'Adorno, che non voleva pronunciare il nome della malattia, – ... uno brutto male...

– E Tano?

– Iddu buono sta.

– E Ciccio?

– Quale Ciccio? – si smarrì un attimo l'Adorno.

– Ca Ciccio!

– Ciccio Amato?

– Morse? – incalzava il console.

– Ma quale morse! Iddu è meglio di me! – rise l'Adorno – e doppo che non si maritao! – concluse dimenticando, nell'entusiasmo della propria battuta, che il dramma del cugino era di essere rimasto vedovo.

– E ora dove sta?

– A Roma, cu' sa soro – rispose con l'aria di dire: «Se non è qui, dove vuoi che sia?».

[9] È morto.

Ormai era scesa la sera: ogni porta del vicolo aveva davanti almeno una sedia gravata da una muta presenza.

– E tu, c'u nuovo ministro come ti trovi? – chiese il console.

– Come m'aio a trovare?! – sospirò l'Adorno. – Servo sugno! – e il pensiero del Consiglio di domani era tornato ad oscurarlo. Poi, come se si affacciasse improvvisamente sul mondo di libertà di cui godeva il cugino: – La spesa tu la vai a fare? – domandò con tono grave di intimità.

– Ca cetto![10] – confermò Saro. – P'u vino... a piedi fino a Atrezza me ne vado! – confidò e nell'entusiasmo cominciò a far ballare una gamba nel pigiama di seta.

Per dire qualcosa chiesi al console dove abitasse quand'era a Ginevra, la sola città, fra le sue, che io conoscessi.

– Avevamo la casa vicino al confine francese – raccontò e, convinto di toccare il fondo del mio interesse, – ... la spesa in Francia si andava a fare... tante donne c'erano.

– Dove? – chiesi, temendo di non avere afferrato perfettamente il filo.

– A fare la spesa, in Francia – confermò, persua-

[10] Certo.

sivo, come se l'incredulità per un costume tanto straordinario avesse mosso la mia domanda.

All'inizio del vicolo, dalla parte del mare, apparve un'alta figura di donna. Il cugino Saro, ammutolito di colpo, la guardava avvicinarsi con estrema attenzione. Appena gli fu passata davanti:

– Ch'è longa! – sbottò, arguto, invitandoci a goderne con lui.

In quello stesso momento dal buio della porta partì un'esclamazione gridata come un lamento:

– Bedda matre ch'è longa chissa!

Era Anna, la vecchia domestica, che partecipava alla serata da lì.

Entrata in casa bambina, da allora si rifiutava di uscirne. Varcava la soglia solo per salire sul treno da cui scendeva per varcarne immediatamente un'altra. Aveva girato mezza Europa così, sdegnando di vederla con un solo moto del capo all'indietro, ma ad Aci no, ad Aci anche per lei tutto era spettacolo e il passaggio dell'alta straniera che da mesi abitava lì accanto, e si ripeteva ogni sera, bastava ogni volta ad accendere d'arguzia il viso del console e a provocare il suo grido di lamentoso stupore.

XXVII

In piedi sulla terrazza, l'Adorno guardava inoltrarsi nella vigna il gruppo sparuto dei vendemmiatori, composto quasi tutto di ragazzi e racimolato a stento dal massaro. «E doppo che da quando misero la fabbrica delle gassose cà diventarono tutti signori!» brontolava da solo.

Ma quello che più lo preoccupava era il cielo: un cielo arruffato che alternava promesse di schiarite a incupimenti improvvisi.

Eppoi c'era il pensiero dell'acqua. Il turno dell'acqua per gli agrumi che scadeva fra poco e che avrebbe distolto per un pezzo il massaro dalle funzioni di soprastante...

Voltate le spalle alla vigna, si avviò lentamente verso la tinaia: all'angolo della casa alzò ancora la testa a guardare il cielo, lassù, dalla parte della montagna.

Quando l'acqua cominciò a scorrere nella saia era quasi mezzogiorno.

– Arrivào! Arrivào! – gridò la bimba del massaro che era stata messa di guardia.

– L'acqua arrivào! – ripeté più forte una voce.

Lasciando cadere, come uno scettro, la verghetta di soprastante e con essa il suo contegno distaccato, Pippo si mise a correre.

– Eccellenza! l'acqua arrivào! – gridò passando dinanzi alla tinaia e afferrata una vanga si diresse verso un punto preciso dell'agrumeto.

L'Adorno si affacciò sulla soglia, si fermò il tempo di aggrappare agli occhiali le lenti affumicate, a molla, e subito si mise a seguirlo del passo travagliato di quando si vuole affrettare.

L'acqua arriva da un pozzo lontano chilometri, in un canaletto in rilievo che attraversa, ramificandosi, vigne e agrumeti. La prima cosa da fare, quando tocca il proprio turno, è di chiuderlo nel punto in cui passa in un altro podere, poi, con un gioco di piccole chiuse, alzate e abbassate, l'acqua viene diretta nelle varie ramificazioni e da lì, in un punto alla volta, fatta sgorgare sul terreno.

Quando l'Adorno raggiunse il contadino, la prima chiusa era stata appena alzata e l'acqua, cadendo, ancora sollevava e spengeva piccoli uragani di polvere. Poi cominciò a snodarsi, veloce e nera, come un serpe, in cerca di una strada e Pippo a prepararglela raspando, lesto, con la vanga.

Ogni albero di agrumi è circondato, ai piedi, da un piccolo argine di terra, vuoto in mezzo come una ciambella: con una palata il contadino lo rompeva nel punto in cui l'acqua voleva entrare; appena colmo, con un'altra, lo richiudeva e ricominciava a raspare per dirigere l'acqua ai piedi dell'albero vicino. Ma bastava un sasso, un accenno di discesa, perché il serpe deviasse, si sdoppiasse, precipitasse altrove.

– Cà! Cà! – gridava l'Adorno spronando il contadino a rincorrere l'acqua perduta.

– Si scansasse, Eccellenza! – gridava a sua volta Pippo saltando da un punto all'altro con la vanga brandita, – Si scansasse! – e l'eccitazione e la fatica toglievano al suo invito ogni traccia di premura.

Insensibile al tono e al consiglio, l'Adorno saltellava per non bagnarsi i piedi, prendeva grandi slanci per valicare distanze di pochi centimetri, rischiava ogni momento di essere investito dalle palate di terra con cui il contadino bloccava i rigagnoli ribelli, ma non cedeva.

Solo quando il terreno, intorno, fu trasformato quasi tutto in un pantano si decise ad andare un po' più in là, giusto quanto bastava per essere pronto sul posto dove Pippo avrebbe alzato, fra poco, la seconda cateratta.

Sopra di loro il cielo si era completamente aperto a lasciar passare il caldo. Nella vigna i ragazzi, eccitati dal pranzo vicino e dall'assenza del soprastante, vociavano sempre più forte. Le donne andavano a rilento.

– Che schifìo fanno! – brontolava l'Adorno senza distogliere l'attenzione dal rapporto fra i propri piedi e il nuovo rivolo d'acqua.

Nella sua ridda di giochi di pala, di salti, di terra smossa e lanciata, continuamente impedita dall'inutile e reverenda presenza del padrone: – Vossia perché non li taliate? – suggerì il contadino.

Disorientato al pensiero di poter essere più necessario altrove, l'Adorno alzò, un attimo, il viso e un rivolo d'acqua ne approfittò per prendere, diretto, la via dei suoi piedi.

– Si scansasse, Eccellenza! – gridò ancora Pippo, ma già il padrone scuoteva una scarpa grondante, tenendosi in equilibrio, a stento, col bastone.

Dalla vigna le voci dei ragazzi rimandavano l'eco di una lite.

– Bedda matre! – imprecò l'Adorno e col piede bagnato che ad ogni passo s'ingrossava di terra si avviò verso un masso di lava, vi salì con rabbiosa, irruente fatica, e da lì, agitando contro il cielo il bastone impugnato a metà: – Carusi! Carusazzi! – cominciò a gridare.

A innaffiatura finita, Pippo tornò al suo posto di soprastante, l'Adorno a quello di spettatore nella tinaia e il lavoro riprese il suo ritmo. Un vento fresco aveva di nuovo coperto il cielo e il mare, grigio, era tagliato da una striscia verde ramarro.

Sentendo la pioggia vicina, – Cà! Cà!... spicciatevi! – Pippo cominciò a spronare i vendemmiatori; e i ragazzi, scoperta nel ritmo diverso la possibilità di un nuovo gioco e quella di liberarsi prima, coglievano i grappoli in fretta, li strappavano, ne colmavano vertiginosamente i panieri e senza aspettare, tutti pronti, in fila, il via del soprastante, correvano alla spicciolata a vuotarli nella tinaia.

– Spicciatevi ca piove!

Le donne, nobilitate e oppresse da un'antica, rinnovata stanchezza, procedevano al passo di sempre.

Quando scoppiò il primo tuono mancava solo l'ultimo filare.

L'Adorno uscì a precipizio sulla terrazza, e sporgendosi verso la vigna:

– Presto! Presto! – si mise a gridare, mentre il panama in testa già risuonava delle prime gocce.

– Carmelina! I sacchi! – gridò Pippo alla moglie.

La Prefettessa affacciatasi alla porta che già tentava laboriosamente di chiudere:

– Intra vieni! – intimò al marito.

– Vossia ... ! lasciatemi passare! – le ordinava a sua volta Concetta sgusciando dalla porta semichiusa con un ombrello impugnato a sciabola. Appena fuori l'aprì, lo giostrò nel vento con palpito di vela, raggiunse il padrone e restò ferma, accanto a lui, a ripararlo.

Carmelina correva nella vigna con una bracciata di vecchi sacchi. Più lontano, dalla parte del mare, scoppiò un altro tuono.

– Presto! Presto! – si agitava l'Adorno traboccando continuamente dal riparo dell'ombrello.

– Se vossia non state fermo tutto vi bagnate! – brontolava Concetta spostandosi con lui.

Incappucciati nei sacchi i ragazzi correvano, si aizzavano, motteggiavano, e quando uscivano dalla tinaia, coi panieri vuoti, saltavano da una balza all'altra, apparendo e sparendo nelle asperità del terreno.

Al di là della porta chiusa la Prefettessa tamburellava contro i vetri per attirare l'attenzione del marito e, nell'attimo in cui ci riusciva, lo guardava con faccia cattiva e gli faceva cenno, ripetutamente, col dito, di rientrare.

Un tuono vicino, forte, provocò in ognuno un attimo di smarrimento: l'Adorno si voltò bruscamente come per obbedire alla moglie e sbatté contro Concetta; Pippo si chinò e abbandonata, con la posizione eretta, la dignità di soprastante, cominciò a cogliere gli ultimi grappoli, freneticamente, anche lui. Le donne affrettarono il passo sotto l'ultimo carico, ma una di loro inciampò in uno scalino della terrazza e cadde in ginocchio.

– Accidenti a chi ave un soldo più dc mia! – imprecò rialzandosi, prima che l'Adorno e Concetta, muovendosi appaiati dall'ombrello, potessero aiutarla.

Ora la pioggia cadeva più forte. Man mano che gli ultimi panieri stillanti venivano introdotti nella tinaia, i vendemmiatori non ne riuscivano. L'Adorno e Concetta, dopo alcune oscillazioni che riflettevano divergenze di pareri al di sotto dell'ombrello, entrarono insieme in casa dalla porta a vetri.

– Ch'è beddu iddu! – ironizzò, amara, la Prefettessa guardando gli schizzi di pioggia sul pigiama del marito.

Indifferente al commento:

– Ce la feci! – esclamò questi fiero e trionfante. – Aaah! ... ce la feci... ! – ripeté abbandonandosi sul divano con seri scricchiolii di molle, e, tirata fuori la pipa, cominciò, con impegno, a caricarla.

– Idda cu' mia ce l'aveva – disse poi, alzando appena la testa, in tono di risentimento divertito.

– Chi? – chiesero insieme la moglie e Concetta.

– Chidda che cascò e disse: «Accidenti a chi ave un soldo più de mia!» – e continuando a premere il tabacco col pollice – Io... uno soldo più d'idda ce l'aio... – rifletté con modesta soddisfazione – ma vedi se un cristiano, perché ave uno soldo... – Una scarica di tuoni, violenta, vicinissima, lo interruppe.

– Bì – disse la Prefettessa guardando il marito,

impaurita e disgustata, come se fosse lui a dovergliene rendere conto.

L'Adorno ora seguiva il temporale con la stessa attenzione grave di quando qualcuno lavora per lui. Al di là dei vetri la pioggia strapazzava la vigna spoglia, inturgidiva i fichidindia abbandonati e gli alberi di agrumi, inutilmente annaffiati, agitavano sull'orizzonte nero i polloni più giovani, diritti e luminosi, come candele accese.

XXVIII

All'una di quello stesso giorno, press'a poco a quell'ora in cui l'Adorno, in piedi sul masso di lava, gridava: «Carusi! Carusazzi!» agitando il bastone contro il cielo, la radio aveva comunicato, a resoconto del consiglio dei ministri, un movimento di prefetti. Il suo nome non era fra i trasferiti, era stato detto, fra gli ultimi, nel gruppetto dei collocati a riposo. Ma a Belverde la radio non c'era.

La mattina dopo, abbandonando ogni tanto la tinaia, dove il torchio premeva le bucce arrugginite, l'Adorno si affacciava al cancello a spiare il ritorno di Concetta. Quando la figura di lei, curva nel bilanciare due sporte gravide di spesa, apparve in fondo alla salita, egli varcò la soglia come per andarle incontro, ma subito si fermò, tornò indietro, fece qualche breve passo affrettato nella direzione opposta, tornò ancora indietro, varcò di nuovo la soglia del cancello e restò lì, fermo, in cima alla salita, ad aspettare.

– L'accattaste 'u giornale? – domandò appena la donna gli sembrò abbastanza vicina da poterlo udire. Ma Concetta, chiusa nella sua fatica, continuava ad avanzare senza rispondere.

– L'accattaste?

La donna alzò la testa, lo guardò, e colmata la breve distanza che la separava da lui:

– L'accattai, l'accattai – disse passandogli davanti senza fermarsi, come trascinata dal peso delle borse.

– E datemillo – brontolò il padrone seguendola al di là della porta di cucina.

Un giornale ripiegato apparve fra melanzane rotolanti e fagottini gialli rigurgitati da una sporta sul marmo del tavolo.

L'Adorno l'afferrò e cominciando ad aprirlo imboccò in fretta il corridoio che porta al soggiorno.

– 'U movimento lo fecero – disse entrando e continuò a leggere fermo, in piedi, in mezzo alla stanza.

Il rumore quieto con cui la Prefettessa sistemava tazzine nella credenza s'interruppe.

– Me non mi trasferirono! – annunziò il marito alzando dal giornale un viso soddisfatto, quasi stanco, come se avesse compiuto felicemente una fatica, e tirata a sé una sedia, si accomodò al tavolo a continuare la lettura.

Consumato in un rossore intenso il momento di emozione, la Prefettessa riprese a smuovere tazzine.

– Bì – fece subito dopo l'Adorno.

La moglie si voltò.

– A riposo mi mettèro! – disse guardandola smarrito.

– A riposo?! – ripeté la Prefettessa e si sedette meccanicamente con una tazzina in mano.

– Ca perché a riposo?! ancora due anni ci avevi! – riprese passando prontamente dalla desolazione alla stizza.

– Ca perché! Ca perché!... – e l'Adorno, puntellandosi con le mani al tavolo, ne allontanava la sedia come per appagare un bisogno più ampio di respiro; – lo so io ca perché! ... altro che se lo scordao!

– Cu' se lo scordao?

– 'U ministro.

– 'U ministro? Che ci facisti? – si allarmò la Prefettessa come se, ormai, fossero possibili altre conseguenze.

– Non ci trasferii 'u segretario comunale – dichiarò il Prefetto alzando il mento in un gesto di fierezza, che sottintendeva nel suo passato tormentoso rifiuto una sfida al provvedimento di oggi.

– E tu perché non ce lo trasferisti?! – si risentì la moglie.

– Ca perché lo dovevo trasferire? Iddu niente aveva fatto, 'u suo lavoro lo sapeva... Eppoi lì, al paese, poteva campare, con quel tanticchia 'e stipendio e un picciriddo nico, perché stava in casa coi suoceri...

– E iddu perché lo voleva trasferuto? – chiese la moglie evidentemente toccata dall'ultimo argomento.

– Ca perché era comunista! – sbottò l'Adorno con ironia, dimentico del significato torbido che la parola ha anche per lui; – e perché ce ne aveva uno da mettere al suo posto.

– Bì – sospirò accorata la Prefettessa guardando fissa davanti a sé e continuando a reggere, a due mani, la tazzina sulle ginocchia, – non aveva che fare chissu! – e non si capiva a chi volesse alludere, se al ministro, al segretario o al marito.

L'Adorno, intanto, calcata una mano aperta sul giornale:

– Cu' chissi la coscienza uno s'ave a vendere! ... la coscienza!... – esclamava e alzatosi rumorosamente si metteva a camminare su e giù per la stanza.

– Eccellenza... – disse di sulla terrazza la voce di Pippo che non osava entrare – iddi cominciano a contare.

– E lassa che cominciano! – rispose impaziente l'Adorno, ma subito, come se si rendesse conto di quello che perdeva rinunciando alle quartare gocciolanti mosto versate ad una ad una dentro i tini, – ora vengo – aggiunse affacciandosi appena alla cassina.

– Eccellenza, – diceva in quello stesso istante Concetta apparsa sulla porta del corridoio con l'aria indaffarata e offesa di quando viene interrotta nei lavori di cucina, – venite a firmare, c'è un telegramma.

L'Adorno uscì dalla stanza.

La Prefettessa sembrò accorgersi in quel momento di avere ancora la tazzina in mano: alzò un braccio lentamente e la posò, a caso, sulla credenza.

Il marito rientrò poco dopo con un telegramma aperto.

– Ch'è beddu! – e lo buttò sulla tavola – doppo che uno lo leggìo su 'u giornale, iddi mandano la comunicazione! ... e pure 'u ringraziamento!

Senza degnare di uno sguardo il foglietto giallo, – Ora a Roma ne jemo – disse Anita Adorno – e là ti fai dare un incarico.

– Tutti i tuoi colleghi che andarono a riposo se lo fecero dare, – continuò, piccata, fissando sul marito due occhi lucenti nel volto paonazzo – e guadagnano meglio che da prefetti.

– Io non voglio incarichi – rispose l'Adorno e la sua voce vibrava di una fierezza già materiata di libertà. – Io non aio niente da chiedere –. Fissando attraverso la cassina abbassata i gerani della terrazza, sezionati e composti nelle strisce di luce, come un ricamo a punto in croce, – Aio servito abbastanza – dichiarò. – Ora un signore sugnu.

Indice

Questo volume è stato stampato
su carta Palatina
delle Cartiere Miliani di Fabriano
nel mese di giugno 2009

Stampa: Legoprint S.p.A. - Lavis (TN)
Legatura: I.G.F. s.r.l. - Aldeno (TN)

La rosa dei venti

1 Leonardo Sciascia. Atti relativi alla morte di Raymond Roussel
2 Leonardo Sciascia. L'affaire Moro
3 Gesualdo Bufalino. Diceria dell'untore
4 Maria Messina. La casa nel vicolo
5 Luisa Adorno. L'ultima provincia
6 Antonio Tabucchi. Notturno indiano
7 Friedrich Glauser. Il tè delle tre vecchie signore
8 Luciano Canfora. La biblioteca scomparsa
9 Vincenzo Consolo. Retablo
10 Geoffrey Holiday Hall. La fine è nota
11 Carlo Lucarelli. Carta bianca
12 Sergio Atzeni. Il figlio di Bakunìn
13 Andrea Camilleri. Il birraio di Preston
14 Adriano Sofri. Il nodo e il chiodo
15 Andrea Camilleri. Il cane di terracotta
16 Santo Piazzese. I delitti di via Medina-Sidonia
17 Roberto Bolaño. Stella distante
18 Alicia Giménez-Bartlett. Riti di morte
19 Gianrico Carofiglio. Testimone inconsapevole
20 Pietro Grossi. Pugni